ハートレス・ケア

Heartless Care

小原瑞樹
Ohara Mizuki

opsol book

ハートレス・ケア

小原瑞樹

目次

装丁◎宮川和夫
装画・挿絵◎スカイエマ

CARE 1　俺の仕事は◯◯

「じゃ、社会人デビュー一か月を祝して、かんぱーい！」

かちりと音を立てて四つのグラスが重なり合い、一斉にジョッキを口元に運ぶ。冷たいビールが喉元を通り過ぎ、全員で示し合わせたようにぷはぁっと息をつく。

「やー、やっぱビールは美味ぇなぁ！　学生のときはこんなに美味いって思わなかったけど」

「やっぱ仕事してるからなのかな。疲れた身体に染みるっつうか」

「ああわかるわ。帰ってもつい一杯やりたくなるもんな。逆に飲まないとやってられないっていうか」

　そんな他愛もない会話をしながら三人の男が喋っている。俺の友人である加藤照之《かとうてるゆき》、田《た》中泰明《なかやすあき》、太田信彦《おおたのぶひこ》だ。全員高校の同級生で、クラスで一緒のグループだった奴らだ。当時はかなり仲が良くて、テル、ヤス、ノブと呼び合う仲だった。大学は全員バラバラだったがそれでも二、三か月に一度は集まっていた。大学三年になり、就活が忙しくなってからは何となく連絡を取らなくなっていたが、新社会人になって一か月、仕事が一段落したところで久しぶりに集まろうという話になった。俺以外の奴は全員スーツで、ジャケットを脱ぎ、ワイシャツ一枚になった格好でさらに片手でネクタイを緩めている。

「で、最近どうよ？　仕事もう慣れた？」

ヤスが全員に尋ねた。一杯目を飲み終えたテルが苦笑しながら首を横に振る。

「やーまだまだだな。覚えること多すぎてついていくのに精一杯」

「テルは銀行だっけ？　何の仕事してんの？」

「預金係。お客さんに預金商品の説明したり、資産運用の提案したりするんだよ。いわゆる窓口業務だな」

「そっか。俺勝手に営業だと思ってたよ」

「営業は何年か経ってからだな。担当エリア回って融資の提案とかするみたい。最初は先輩に同行すればいいんだけど、独り立ちしたらノルマとかも出てくるらしい」

「営業はそれが大変だよなー。俺、それが嫌だから市役所にしたんだよ」

「市役所かぁ。部署はどこ？」

「地域生活課。こっちも窓口業務が多いんだけど大変だよ。いろんな届出を受理して、必要な書類を交付するんだけど、なんせ量が多くてさ。記載漏れとかミスも多いから一個一個確認しないといけなくて、全然時間どおりに仕事終わらないんだ」

「へえ、意外。公務員って言ったら九時五時のイメージあるけど」

「俺もそう思ってたけど全然だよ。これなら民間行った方が楽だったかもな。ノブんとこはどう？」

「やー俺もめちゃくちゃ忙しいよ」

早くも二杯目に手をつけているノブが顔をしかめた。それまではぐいぐいとビールを飲んでいたのが、ここぞとばかりに喋り始める。

「商社の仕事がハードってのはわかってたけど予想以上でさ。仕事で普通に英語使うから、仕事覚えるだけじゃなくて英語も勉強しないといけないんだよ。しかも周りがデキる奴ばっかりだからついていくだけで精一杯で、毎日へとへと」

「そっか、大変だな。でも商社っていいよな。いかにもデキる男って感じするし」

「まぁ、そう思われたくて商社選んだってのも正直ある。でもヤスの公務員だっていいじゃん。ノルマないし、安定してるし、合コンとか行ったらモテそう」

「まぁ基本クビにならないのは強いよな。テルは？　銀行員も大概人気ありそうだけど」

「確かに受けはいいかもな。残念ながら今は合コンとか行く暇ないけど」

テルが苦笑し、他の二人もわかる、と言いながらビールを口に運ぶ。話の内容は大半が愚痴ではあるが、それでも三人とも心底仕事を嫌がっているわけではなさそうだった。

俺は三人の会話には加わらず、お通しの枝豆を黙々と摘まみながらビールをちびちびと飲んでいた。どうかそのまま愚痴を続けてくれ、それか脱線して仕事以外の話をしてくれ。そう思っていた矢先、テルが俺に声をかけてきた。

「マサ？　どうかした？」

「え、何？」

不意を突かれて俺はびくりと顔を上げた。ヤスとノブも話を止めて俺の方を見る。

「うん。お前さっきからずっと黙ってるからさ。気分でも悪いのかと思って」

「あ……いや別に。みんな大変だなって思って聞いてただけだよ」

「ならいいけど。そういやお前はどうなんだ？　仕事」

早速地雷を踏まれて俺は言葉に詰まる。が、すぐに何でもないように言った。

「俺？　別に普通だよ。みんなみたいに難しいことしてないし」

「あれ、そもそもマサって何の仕事してたっけ？　ＩＴ系？」

ヤスが尋ねてきた。頼むからそれ以上深掘りするなと思いながら首を横に振る。

「違う。何でＩＴだと思ったんだ？」

「いや、お前一人だけ私服だからさ。着替えに帰ったわけじゃないんだろ？」

俺は自分の服装を見下ろした。他の三人がスーツ姿の中、俺一人だけがジャージのズボンにフード付きのトレーナーというラフな格好だ。今は十九時を回ったところで、みんな職場から直で店に来たのだろう。もちろん俺もそうだ。

「うん、仕事終わって直行したから。そもそも仕事でスーツ着ないんだ」

「そうなんだ。スーツ着ないってことはアパレル系？」

「いや、違う」

「じゃあベンチャーとか？」

「それも違う」

「じゃあ何？　他に服装自由な仕事ってあったっけ？」

ノブが首を捻り、他の二人も腕組みをして考え込む。どうもこの話題からは逃げられないらしい。俺はため息をつき、気が進まないながらも答えた。

「その……福祉だよ」

「福祉？」

「そう。制服があるからスーツ着なくていいんだ」

「へえ、そりゃ楽でいいな。スーツって肩凝るし疲れるんだよな」

「わかる。しかも毎日着ないといけないから替えがいるし、金かかるんだよなー」

ノブとヤスが頷き合う。そうそう、俺の仕事の話なんかどうでもいいからそのままスーツについて喋ってくれ。俺は心の中で祈ったが、その祈りも虚《むな》しくテルがなおも尋ねてきた。

「でも、福祉っていろいろあるけどどんな仕事なんだ？」

「どんなって……」

「あ、わかった。保育士じゃね？」

ノブが一本指を立てて言う。俺は黙って首を横に振った。

「保育士は資格いるもんな。じゃあ福祉事務所とか？」

今度はテルが腕組みをしながら尋ねる。俺はもう一回首を横に振った。

「福祉事務所は公務員試験受けないと働けないしな。ってことは民間の施設の事務職？」

さらにヤスが言ったが、俺はやはり首を横に振った。「え、じゃあ何？」と三人が顔をしかめ、ああでもない、こうでもない、と言い合う。

俺はその様子を見ながらため息をついた。どいつもこいつも的外れなことばっかり言いやがって。それくらい友達があの仕事に就くことが考えられないってことか。

半分ほどになったビールを一気に呷《あお》り、やけくそ気分になりながら俺は言った。

「……介護だよ」

「介護？」

「うん。老人ホームで働いてるんだ。事務じゃなくて、現場でヘルパーやってる」

「現場？　じゃあお前が介護するってこと？」

「そう。利用者の食事の世話したり、風呂入れたりする」

三人が一斉にぽかんとした顔になる。俺の話がすぐに飲み込めないのかもしれない。そりゃそうだろう。普通にデスクワークしてる奴らからしたら、全然かけ離れた仕事の話をしてるんだから。

そのまま五秒ほど沈黙があった後、気まずさを払うようにテルが言った。

「へえ……そうなんだ。なんか意外。マサって介護とか興味あったの？」

「いや、別にない。特に年寄りが好きってわけでもないし」

「じゃあ何でその仕事してるんだ？」

「何でって……他が受からなかったからだよ。俺就活めちゃくちゃ苦労したんだから」

「あ、そうなのか？」

「うん。四年の秋頃まで決まらなかった。お前らはもっと早く決まってたんだろ？」

「そうだな。俺は春頃には決まってたと思う。ヤスとノブも同じくらいじゃなかった？」

「うん。確か去年の今頃には決まってた。そっかー。お前あのときまだ就活してたんだな」

「俺らの周りみんな早かったからなー。お前もとっくに決まってたと思ってたよ」

　ノブとヤスが同調する。本人達は何気なく言っているのだろうが、俺からすれば傷口を抉られている気分だった。

　そんな俺の心境も知らず、テルが感心した口調でさらに言った。

「にしてもマサ、よく介護とかする気になったよな？　だって肉体労働だろ？」

「うん、基本ずっと動いてるし」

「風呂入れるってことは人持ち上げたりするんだよな。体力使いそうだけど、腰とか大丈夫なのか？」

「俺はまだ風呂やったことないから。まぁそれ以外でも人持ち上げることは多いし、実際腰痛める人は多いけど」

「下の世話とかもするんだっけ？」

「それも今はしてないけど、そのうち」

「勤務時間も不規則なんだよな。確か夜勤とかもあるんだっけ？」

「うん、今はまだ日勤しかしてないけど」

「うわーもう聞くだけで大変そうだわ。マサ、お前すごいよな。そんな大変な仕事だってわかってて選んだんだから」

「いや、だから選んだわけじゃなくて、ここしか受からなかっただけで……」

「それでもすごいよ。もし俺が同じ立場でもそんなキツい仕事やろうって絶対思わないし。それなら留年して就活やり直すよ」

「俺もそれなら公務員試験受け直すかな。介護とか絶対無理」

ヤスが便乗して頷く。無理、と断言されて俺はますますぐさりときた。

「でもマサは偉いと思うよ。人の嫌がる仕事をわざわざ引き受けてるんだからさ」

ノブがしみじみと言った。隣でヤスも大きく頷く。

「確かに、介護ってどこも人手不足だってニュースでもよく言ってるしな。マサみたいな若い奴がいたら助かるだろうな」

「マサは高齢化社会を支えてるってわけだ。よっ、日本の期待の星！」

テルが陽気に言って俺の肩を叩く。ノブとヤスもそれに続き、「期待の新星、マサにかんぱーい！」などと言って残りのビールを呷っている。

そんな賛辞を聞いても俺は全く喜ぶ気になれなかった。何が期待の星だ。銀行員とか公務員とか商社マンとか、そんなステータスが高くて女にモテそうな仕事に就いた奴らに言われたところで嫌みにしか聞こえない。俺の仕事には金融の知識や語学力はいらない。頭ではなく身体を使い、スーツではなく制服を着て、クーラーの利いた部屋も自分の机も椅子もない環境で一日中汗だくになって駆けずり回る。それが俺の日常だ。自慢できることなんて何もない。

でも、そんなことを言うと自分がますます惨めになりそうだったので、結局愛想笑いを浮かべて空になったビールを飲む振りをするに留めた。

翌日、世間がＧＷに突入する中、俺は勤務先である老人ホームに向かっていた。

俺が勤めているのは、関東の矢根川《やねがわ》市にある「アライブ矢根川」という介護付有料老人ホームだ。「アライブ・エイジ」という会社が経営している施設で、要介護度が高めの人から、比較的元気な人まで幅広く受け入れている「混合型」と呼ばれるタイプだ。施設によっては資格がないと働けないが、介護付有料老人ホームであれば、「認知症介護基礎研修」という研修を一日だけ受ければ無資格でも働けるため、最初に配属された。勤務は交代制で、月の後半から翌月の前半にかけて一か月単位でシフトが組まれている。勤務時間は日勤の場合は九時から十八時で、慣れてきたら早出や遅出なども出てくるらしい。

下宿先のマンションからアライブ矢根川の最寄り駅までは電車で三十分、それからさらに歩いて十五分ほどかかる。家を出るのは八時前で、普通の会社員の通勤ラッシュと同じ時間帯なので電車もまあまあ混み合っている。みんながスーツに革靴というぱりっとした格好をしている中、一人だけジャージにスニーカーという格好で電車に乗っていると、どうしても浮いてるように感じてしまう。

みんながオフィス街のある大きな駅に向かう中、俺が降りるのは特急の止まらない小さな駅だ。駅を出ても広がるのは住宅ばかりで、高層ビルの立ち並ぶオフィス街とはかけ離れている。コンビニや飲食店もほとんどなく、駅から十分くらい歩いたところにスーパーが一軒あるだけだ。静かで住みやすい環境はアライブ矢根川の売りの一つだが、働いている身からすると、毎日の昼飯の調達に困る。

十五分ほど歩いて住宅街を抜けると、ようやくアライブ矢根川の建物が見えてきた。施設は三階建てで、各階に居室、食堂兼談話室、さらに浴室がある。居室は全部で四十室あり、二階と三階に十五室ずつ、一階に十室ある。一階だけ居室が少ないのは厨房と事務所があるからだ。事務所には施設長やケアマネージャー、生活相談員やナースが詰めている。

道路に面した正面玄関を横に回り込み、裏手にある職員用出入口のキーパッドに暗証番号を入力してから中に入った。この出入口は事務所につながっており、すでに出勤している施設長とケアマネがパソコンに向かっている。

「おはようございまーす」

挨拶をすると「おはよう」という声がばらばらと返ってきた。本部で一週間研修を受けてからここに配属されて早三週間。職員の顔はようやく覚えてきたものの、まだ打ち解けて話せるまでには至っておらず、恐縮しながら更衣室に向かう。

更衣室は男性用が二階、女性用が三階にある。男性用更衣室には誰もおらず、俺は何となくほっとしながら制服に着替えた。薄いピンク色のポロシャツで、胸ポケットに会社のロゴが入っている。

この制服を見るたびに俺は憂鬱になる。ポロシャツってだけでもダサいのにピンクって。こんな姿絶対にテル達には見られたくないといつも思う。ちなみにボトムスに指定はないので、下だけでもカッコよくしようとプーマの黒ジャージを穿いている。

着替えを済ませると八時四十分を回っていた。そろそろ行かないと怒られるかなと思いながら俺はのろのろと更衣室を出た。ちなみに腕時計はできない。利用者さんに金具が当たって怪我をさせるといけないからだ。

更衣室を出たら二階にある詰め所に向かう。アライブ矢根川では階ごとに担当のヘルパーが決まっていて、その階に居室がある利用者さんの介護をする。担当を決めることで利用者さんの情報を把握しやすくするという配慮らしい。俺の担当は二階だ。

詰め所に行くと先輩ヘルパーである潘《ばん》さんがいた。潘光津江《みつえ》さんという女性社員で、長い黒髪を後ろで一つ結びにし、細フレームのスクエアタイプの眼鏡をかけている。年齢は三十代後半のはずだが、ヘルパー歴は十年にもなり、二階のフロア主任も務めている。アライブ矢根川ではオープン当初から働いているらしく、二階のことは熟知している。

「あ、潘さん、おはようございます」

挨拶をしながら潘さんの近くに行くと、潘さんの手元に置かれた紙が目に入った。これは経過表と呼ばれるもので、利用者さんの一日の様子が一覧で見られるようになっている。食事や水分をどれだけ摂《と》ったか、いつ排泄をしたか、巡回時に寝ていたか起きていたかなどの行動を全て記録し、共有するのだ。

「ああ大石《おおいし》君、おはよう。今日日勤だったよね。よろしく」

「はい。潘さんは夜勤明けですか？」

「うん。昨日は大変だったよ。筒井さんは熱発《ねっぱつ》してるのに杉山さんがずっと徘徊するし、おまけに三島さんが失禁して全更衣したから。もうバタバタ」

「そうなんですか……。大変ですね」

熱発は発熱、徘徊は居室を出てうろうろすること、失禁は尿や便を服やシーツに漏らしてしまうこと、全更衣は服を全部着替えることだ。聞き慣れない用語の数々も、一か月で少しずつ理解できるようになってきた。

「他人事みたいに言ってるけど、大石君もそのうち夜勤入ってもらうんだからね。いつまでも日勤だけで済むと思ったら大間違いだよ」

潘さんにぴしゃりと言われて俺は肩を竦《すく》めた。潘さんは新人にも厳しいタイプのようで、配属当初にすることがわからずに詰め所で突っ立っていると、「経過表見るとか利用者さんに話しかけるとかすることあるでしょ！」と散々叱られた。今でも正直この人は苦手だ。

「経過表の記録途中だけど、申し送りあるから朝礼行ってくるわ。後は松井《まつい》さんが西村さんのトイレ介助行ってるから、そのうち戻ってくると思う」

潘さんがボールペンをウエストポーチにしまいながら言った。申し送りというのは、利用者さんの夜間の様子やその日の予定を全体で共有することだ。まず全体の申し送りが、八時五十分から事務所でする朝礼のときに行われる。メンバーは夜勤のヘルパー、施設長、ケアマネ、生活相談員、ナース、それと各階からヘルパーができれば一人。それぞれの情報を伝えた後でヘルパーは各階に戻り、詰め所で待機している残りのヘルパーにさらに申し送りをする。夜間に利用者さんがどんな状態だったか、注意することはあるかなどがここでヘルパー全体に伝えられる。さっき潘さんが言っていた、熱発や徘徊などの情報も申し送りで共有される。専門用語を早口で並べ立てられるので最初は理解できずに苦労した。

「わかりました。遅出で井上《いのうえ》君が来るんですよね？」

「そう。十時から。交代で帰れたらいいけど、記録全然書けてないから残業なるかも」

潘さんがため息交じりに言って詰め所を出て行く。夜勤は十六時から翌日十時までだ。遅出の人と交代で帰れるようにシフトが組まれているが、実際には時間どおりに帰れることは滅多にないらしい。夜勤の様子を経過表に書いたり、申し送り事項を記入したり、そういうことをしているとどうしても時間がずれ込み、ようやく帰れる頃には昼食の誘導が始まっている、なんてことも珍しくないそうだ。

一人になった詰め所で俺は経過表を確認した。熱発していた筒井さんは朝六時の時点で体温は三十六．八度。朝食も五割食べられているから落ち着いているようだ。徘徊していた杉山さんは巡回のたびに「覚醒」の文字、つまり一晩中起きていたということだ。失禁した三島さんは深夜二時に排尿ありの記述。オムツを替えるだけでも大変そうなのに、着替えまでするなんてもっと大変だろうな、とやはり他人事のように考えてしまう。

「ああ大石君、おはよう！」

横から大きな声がしたので俺は顔を上げた。ふくよかな体格の中年の女性が詰め所に入ってくる。潘さんが言っていた松井さんとはこの人のことだ。松井康代《やすよ》さんという五十代の女性で、パートではあるがヘルパー歴は十八年にもなるベテランだ。茶髪をベリーショートにした髪型はファッションというよりも楽さ重視のようで、いかにも肝っ玉母さんという雰囲気がある。

「あ、松井さん、おはようございます。今日は早出ですか？」

「そうそう。潘ちゃんが夜勤だったから二人でフロア回してね。もー朝から大変よ。山根さんも前本さんも全然食べようとしなくて、しょうがないから潘ちゃんと二人で食介《しょっかい》してね。そしたら今度は上野さんと川口さんが文句言いだして。まぁいつものことなんだけど、早く部屋帰りたいって言ってね。でもこっちもすぐ対応できないから、ちょっと待ってって何回も言ってるのに全然聞いてくれなくって。ほんと朝からバタバタよ」

食介というのは食事介助の略だ。寝たきりになった人などは一人では食事ができないため、ヘルパーが手伝う必要がある。中には一日中ベッドの上で過ごす人もいるが、二階の利用者さんはそこまで重度ではなく、車椅子に移った上で食事をする。イメージとしては椅子に座った赤ちゃんにご飯を食べさせるみたいな感じだ。ただし食介だけすればいいわけではなく、食べ終わった車椅子や歩行器の人を居室まで連れて帰らないといけない。俺達はこれを「誘導」と呼んでいる。じゃあヘルパー全員が誘導をすればいいかというとそうでもなくて、「見守り」と呼ばれる職員を食堂に一人は残しておかないといけない。それで誘導に順番待ちが発生して、利用者さんから不満が上がるのはよくある光景だ。

「朝は人少ないから大変ですよね。松井さんは早出多いから大変じゃないですか？」

「んー、まぁ大変は大変だけど、早く上がれるのは有り難いかな。早く帰ったらその分家事もできるしね」

早出の勤務時間は朝七時から十六時までだ。十六時に上がれば買い物をしてから晩ご飯も作れるし、家庭を持つ身には確かに有り難いだろう。ただ、俺自身は朝早く起きられる自信がないので、できるだけ早出は避けたいと思っている。

そんな話をしているうちに潘さんが戻ってきた。俺と松井さんは話を止め、潘さんからの申し送りを聞くためにメモを準備した。

「じゃあ申し送りします。二階は筒井さんが昨日の晩から三十七度後半の熱発のため、ドクター処方のカロナール服用、朝六時の時点で三十六．八度まで下がったので、食事は食堂対応してます。入浴は中止です。坂田さんが夜間に歯痛の訴えあったので、ナース確認の上でロキソニン服用してます。今朝は訴えありませんでした。後は前本さんがコート三なので、朝食時に下剤服用してます。排便あればナースまで知らせてください。その他の方お変わりなしです」

潘さんが早口で言う申し送りの内容を急いでメモする。今日はまだ少ない方だが、多いときには七、八人分の情報が共有されることもあり、聞き取るだけで手いっぱいだ。ちなみにカロナール、ロキソニンのどちらも解熱・鎮痛剤のことだ。また、コートは便のことで、コート三というのは排便が三日ない、つまり便秘が三日続いているという意味だ。

コート三以上だと下剤を服用してもらい、排便があれば服用を中止する。

「じゃ、私は早速風呂行ってくるわ。筒井さんが中止ってことは、今日は三人？」

松井さんが潘さんに尋ねる。潘さんは詰め所にある入浴表を見ながら頷いた。

「そうですね。その代わり明日は多いですよ。午前中だけで五人いますから」

「五人かあ。ちょっと大変かもね。今日一人先に入れとこうか？」

松井さんも入浴表を見ながら尋ねる。利用者さんの入浴日はケアマネが作るサービス計画書で決められていて、入浴日を変えると厳密には計画書を変更しないといけないらしい。ただ、実際には今みたいに、人員に合わせてこっそり入浴日を変えることは珍しくない。

「そうですね。余裕があればお願いしたいですけど、無理はしなくていいですよ。焦って事故が起きたら大変ですから」

「はいはい。じゃ、さっさと行ってきますか」

松井さんがひらひらと手を振って詰め所を出て行く。入浴介助は一人の職員が連続してするのが基本で、今日は松井さんが担当だ。一日に三人から五人くらいの人を介助するので終わる頃にはみんな汗だくになっていて、俺は見るたびに大変そうだなと思っていた。

「じゃ、あたしは夜勤の記録つけるから、大石君は水補《すいほ》しといてくれる？」

「わかりました」

潘さんに頷き、俺は詰め所を出て談話室に向かった。朝食を片づけたテーブルの前にいる車椅子のおばあちゃんに向かって声をかける。

「菊池さんおはようございます。お茶飲みませんか？」

「え？　何？」

菊池さんが耳に片手を当てる。俺はめんどくせえなと思いながら菊池さんの耳元に口を近づけ、大きめの声でもう一回言った。

「お茶、飲みませんか？」

「ああ、お茶ねぇ」

ようやく理解した菊池さんが、目の前に置かれた取っ手付きのコップを見つめる。しかし手をつける気配はない。さっさと飲めよと思いながら俺はさらに言った。

「菊池さん、あんまり水分摂れてないから、ちょっとでも飲んだ方がいいですよ」

「いらないよ。トイレ行きたくなるもん」

「一口でもいいからどうですか？」

つい口調が強くなるのを感じながら、コップを菊池さんの手に近づける。菊池さんは「しつこいなぁ……」と顔をしかめ、ようやく一口だけお茶を飲んだ。

実に不毛なやり取りだが、こんな会話は老人ホームでは日常茶飯事だ。高齢者は水分を摂らないと脱水症状や熱中症を起こすこともあるため、まめにお茶やら水やらを飲むよう勧めないといけない。これが「水補」だ。目安としては一日一リットル。この量を飲まなそうな人を中心に声をかけていく。まぁ俺からすれば、わざわざ声をかけてお茶を飲ませるなんてままごととしか思えないわけだが。

「もっと飲んでくださいね。じゃ、一旦失礼します」

ああくだらねぇと内心毒づき、菊池さんの許《もと》を離れて別のテーブルに向かう。リクライニング式の車椅子に座ったおじいちゃんに声をかけた。

「益川さんおはようございます。お茶飲みませんか？」

益川さんが何も言わずに俺の方を見る。益川さんは認知症と麻痺《まひ》があり、言葉を発することも、自分で手足を動かすこともできない。当然、食事も一人では摂れないので水補もヘルパーが行う。

俺はやかんからぬるめのお茶をコップに注ぎ、その中に粉を入れてスプーンでかき混ぜた。この粉は「とろみ剤」と呼ばれるもので、液体に混ぜると固まって粘り気を出す効果がある。水分にとろみを付けることによって誤嚥《ごえん》、つまり食べ物が食道ではなく気管に入るのを防ぐ効果があるらしい。

適度にとろみを付けたところで、俺は益川さんの隣の椅子に座り、スプーンでお茶を掬《すく》って益川さんの口元に運んだ。口元にスプーンが触れると、益川さんが啜《すす》ってお茶を飲み込んだ。

「美味しいですか？」

ただのお茶に美味しいも何もないだろうと思いながらも尋ねる。益川さんは反応しなかったが、スプーンを近づけると二杯目も飲んでくれたので、たぶん嫌がってはいないんだろう。

まだ大した介護ができないので、俺の仕事の大半はこの水補だ。談話室に残った利用者さんに声をかけたり、介助したりしながら少しでも多く水分を摂ってもらう。

でも、嫌がる相手や反応のない相手にお茶を飲ませるだけの仕事なんてはっきり言って虚しい。一日一リットルのノルマを達成したところで明日も同じことを続けるだけで、来る日も来る日も同じ作業を繰り返すことがだんだん嫌になってくる。

益川さんがコップ一杯分のお茶を飲んだところで俺は詰め所に戻り、経過表の益川さんの欄に「２００」と書き込んだ。アライブ矢根川で使うコップは大きさが決まっており、一杯飲めば二百ミリリットル飲んだと見るだけでわかるようになっているのだ。

潘さんはトイレにでも行っているのか詰め所にはいなかった。鬼の居ぬ間に休憩しようと思っていると、後ろから声をかけられた。

「あ、大石さん。はよっす」

振り返ると、遅出で出勤してきた井上君が詰め所に入ってくるところだった。井上浩二《こうじ》君というまだ十八歳の男の子で、中卒から仕事を転々として、アライブ矢根川では一年前からバイトで働いているそうだ。将来はミュージシャンになりたいとのことで、正社員になる気はないらしい。ひょろりとした身体に毛先を遊ばせた明るい茶髪をしていて、言っちゃ悪いがいかにもチャラそうな若者だ。

「あ、井上君、おはよう。今日も遅A？」

「はい。今日で三日連続っす。明日は遅Bっすね」

遅A、遅Bというのはどっちも遅出勤務のことだ。遅出Aは十時から十九時まで、遅出Bは十三時から二十二時まで働く。井上君のシフトはほとんどが遅出AかBだった。

「井上君って遅出多いよね。帰るの遅くなると嫌じゃない？」

「そうでもないっすよ。俺元々夜行性なんで、朝早いよりよっぽどいいっす」

「確かに朝遅いのは有り難いよな。電車も空いてそうだし、俺も入るなら遅出がいいな」

「大石さんは電車通勤っすから、早出だとキツいっすよね。何時起きになるんすか？」

「たぶん五時くらいかな。六時前には家出ないといけないと思うから」

「うわーキツいっすね。つーか前から不思議だったんすけど、大石さん何でわざわざこんな遠いとこまで来てるんすか？」

「それはほら、社員だから……」

「社員だってもっと近いとこあるでしょ。潘さんだってバイクで十五分くらいだって言ってましたよ。何でもっと近所で働かないんすか？」

「それは……ほら、潘さんは中途採用で、最初からこの施設で働くつもりで入ったんだろ？　でも俺は新卒だから、配属先は本部が決めるんだ。それでたまたま遠いとこに配属になったんだよ」

「ふーん。よくわかんないけど大変っすね」

自分から訊いておきながら井上君が興味なさそうに言う。俺が新卒だろうが中途だろうがどうでもいいのかもしれない。

「あ、もう十時っすね。申し送りなんかありました？」

「あ、えーと……筒井さんが昨日まで熱発してたけど今朝は下がってた。入浴は中止。それから坂田さんが夜に歯痛の訴えあったからロキソニン飲んでる。今朝は訴えなかった。後は前本さんがコート三で下剤服用してる」

「下剤ね。じゃ、次の排泄のときは要注意っすね。松井さんは風呂っすか？」

「うん。さっき三人目入ったから、十一時には戻ってくると思う」

「了解っす。じゃ、俺巡回と排泄行ってきます」

井上君が言ってさっさと詰め所を出て行く。アライブ矢根川では十時と十四時に巡回を行い、職員が利用者さんの居室を見て回る。利用者さんがいなくなっていたり、部屋で倒れたりしていないかなどを確認するためだ。二階には介助の必要ない「自立」と呼ばれるタイプの人もいて、そういう人は簡単に声をかけるだけでいいが、寝たきりの人はここで排泄介助、つまりオムツ交換も一緒に済ませてしまう。

「あ、井上君もう行っちゃった?」

井上君が出て行くとほぼ同時に潘さんが戻ってきた。まっすぐ経過表のボードに向かって記入する。ボードには「排尿」の文字。自分のトイレではなく、介助に行っていたようだ。

「あ、はい。ついさっき来て、今巡回に行ったとこです」

「巡回行くのはいいけど、記録もちゃんと付けてよね。昨日も二時の記録が抜けてたから注意しようと思ってたのに」

潘さんが顔をしかめて言う。経過表への記録は忘れがちではあるが、これが抜けていると、一日の排泄回数や水分摂取量が正確に把握できないので大事な仕事らしい。俺も最初はよく水補の記載を忘れて潘さんにこっぴどく叱られた。

「俺が後で言っておきましょうか？　潘さんもう上がりですよね？」

「うーん。まだ記録終わってないし、もうちょっと残るわ。あたしから言わないと効き目ないと思うし」

確かに新米の俺が言っても右から左に聞き流されるだけだろう。年下相手に何も言えないというのも悲しいが。

「とりあえず大石君は水補続けといて。十一時になったら松井さんと一緒に誘導行ってもらうから」

「わかりました」

あの苦行をもう一時間続けるのか、と俺はげんなりしながら談話室に戻った。だからといって、排泄介助や入浴介助をしたいかと訊かれれば断固拒否するが。

長い一時間を終えたところで松井さんが詰め所に戻ってきた。井上君も巡回から戻ってきて、潘さんにきっちり怒られている。その後でようやく潘さんは帰っていった。

時刻は十一時。会社員ならお昼前で気が抜けてくる時間だろうが、ヘルパーにとってはここからが正念場だ。これから全員で分担して「昼ケア」を行う。

昼ケアというのは、要するに昼食のお世話だ。食堂への誘導、その前後の排泄介助、食介、それらを全部ひっくるめて昼ケアと呼んでいる。昼食は十一時半からなので時間との勝負だ。

「じゃ、私らは誘導行くから、井上君は食堂の見守り頼むわ」

「了解っす。排泄は全員終わってるんで、誘導だけでオッケーっす」

松井さんと井上君が声をかけ合う。排泄介助は食事の前後どちらかにすることになっているが、オムツが綺麗な方が食事も気持ちよく食べられるということで、極力食事前にすることになっている。ただし誘導前にオムツ交換をすると慌ただしいので、できるだけ巡回のときに済ませておくというわけだ。

「大石君は自立の人に声かけてくれる？　その後で車椅子組一緒に誘導するから」

「わかりました」

自立の人でも杖やシルバーカーを使っている人はいるが、一緒に付いて歩く必要はなく、声さえかければ一人で来てくれるので楽だ。二階の自立組は三人。昨日徘徊していた杉山さんもその一人だ。一晩中起きていて疲れたのか、居室に入ると杉山さんは寝ていた。

「杉山さーん、お昼ですよー」

声をかけると杉山さんはあっさり起きた。「もうお昼?」と寝ぼけた顔で呟く。

「はい、お昼です。待ってますんで食堂来てくださいね」

「はいはい、ありがとね」

杉山さんが笑ってベッドから起き出す。昼に話す分には気さくなおばあちゃんなのだが、夜になると豹変するのだろうか。

他の二人にも声をかけたところでちょうど松井さんと鉢合わせた。すでに二人誘導したらしい。さすがに速い。そのまま二人で一番近くにある三島さんの居室に入る。

「三島さーん、こんにちはー。お昼ですよー」

声をかけながら俺は三島さんのベッドに近づいた。仰向けに寝ていたおばあちゃんがこちらを見て顔をくしゃっとさせた。三島さんは認知症の影響で発話ができないが、その分表情は豊かで、誘導に行くといつもこうやって笑って出迎えてくれる。

「ベッド上げますねー」

ベッドの頭部分に付いているスイッチを持ち、ボタンを押すと高さがゆっくりと上がっていく。介護ベッドはこんな風にボタン一つで高さを調整できる。万が一ベッドから落ちても怪我をしないよう、ヘルパーが居室を離れるときには高さを一番下まで下げるのが鉄則だ。

ベッドと車椅子の高さを同じにしたところで、俺は車椅子をベッド横の下側に付けた。真横ではなく、少し斜めの角度に設置する。

「身体起こしますよー」

仰向けに寝ている三島さんの背中と膝裏に手を当て、手前に転がす。そのまま足を下ろすと同時に上半身を持ち上げ、ベッドに座る格好にする。ただし一人では座っていられず、手を離したらすぐに倒れてしまうため身体は支えたままだ。

「移動しますねー。僕の身体持ってくださーい」

両足を大きく広げて脚で車椅子と三島さんを挟むようにした後、三島さんを抱きしめるような格好で身体をぐっと手前に引き寄せる。三島さんも俺の背中に手を回して摑《つか》まった。ベッドから車椅子までの動線を目で確認し、スライドさせるような形で三島さんの身体を車椅子に移動する。

この一連の過程が「移乗《いじょう》」だ。車椅子からベッドへ、ベッドから車椅子へ。老人ホームでは移乗を一日に何回も行うため、俺も真っ先に覚えさせられた。人を移動させるとなるとどうしても力任せに持ち上げるイメージがあり、俺も最初はそうしていたのだがすぐに腰を痛めた。見かねた潘さんに教えてもらったのが今のやり方だ。両足を開く、自分と利用者さんの身体を近づけるといった細かい点に気をつけることで、最小限の力で人を動かせる。俺もこのやり方を覚えてからは身体の負担が軽くなった。

「うん。移乗はかなりスムーズだね。これならもう一人で大丈夫じゃない？」

一連の動きを見ていた松井さんが満足そうに言った。移乗に失敗すると大怪我につながるため、慣れるまでは誰かに見てもらうことになっていた。

「うーん。確かに慣れてはきましたけど、男性だとまだちょっと不安ですね。村上さんとかだと身体大きいんで支えきれる気がしないです」

「大丈夫だと思うけどねぇ。まぁ心配だったらまた呼んでくれればいいよ」

松井さんが朗らかに笑う。何かと手厳しい潘さんに対し、松井さんはおおらかに俺に接してくれる。元々の性格に加え、社員とパートという立場の違いがあるからだろう。俺としても、潘さんよりは松井さんの方が質問しやすかった。

「じゃ、残りの誘導お願いしていい？　西村さんは立てるし、前本さんと上野さんは今の感じで移乗してくれたらいいから」

「わかりました」

「私は岡部さんと金田さん行くわ。後は筒井さんの様子見てくる」

「熱がぶり返してないといいですけどね」

俺が三島さんを食堂に誘導し、松井さんは居室に向かう。食堂では井上君がお茶を配っていた。時間は十一時十五分。誘導だけなら何とか間に合うだろうか。

幸い、残りの三名の誘導もスムーズに行き、十一時半には利用者さん全員が食堂に揃っていた。筒井さんも熱発から回復したようで、元気そうに向かいの杉山さんと喋っている。食堂を見回し、お茶が出ているか、エプロンがつけられているかなどを点検する。エプロンというのは赤ちゃんの前掛けのようなもので、主に食介が必要な利用者さんに使う。食べこぼしが服に落ちるのを防ぐためだ。

準備ができたところで、井上君が厨房からワゴンを運んできた。料理と一緒に、利用者さんの名前を書いたプレートがお盆に載っている。利用者さんによってはアレルギーがあったり、「きざみ」と呼ばれる細かく刻んだ料理しか食べられなかったりするので、配膳間違いがないよう注意しないといけない。

配膳を終えたタイミングで早出の松井さんが休憩に入った。残った俺と井上君で食堂を見守りつつ食介を行う。食介が必要なのは益川さんと金田さんだ。俺が益川さん、井上君が金田さんの車椅子の横に椅子を付けて座り、スプーンで料理を掬って介助をする。

「益川さーん、今日は肉じゃがですよー」

そう声をかけつつも、益川さんの前にあるのは全く肉じゃがには見えない液体状の料理だ。「ペースト食」と呼ばれるもので、噛んだり飲み込んだりする力が弱まっている人のために料理をどろどろの状態にしたものだ。固形のままだと喉に詰まらせてしまう人も、この状態なら安心して食べられる。でも、原型のわからない料理ははっきり言って食欲が湧かず、益川さんも水補のときほどスムーズに食べてくれなかった。

「こっちはほうれん草のおひたしですよー。美味しいから食べましょかー」

心にもないことを言ってスプーンを口に当てる。益川さんが辛うじて口を開けた隙にスプーン一杯の料理を流し込む。食介にもタイミングがあって、口の中のものを飲み込んでからでないと次を入れてはいけない。そうはいっても、一口食べるたびに待っているとてつもなく時間がかかるため、ついつい焦って次を入れてしまいたくなる。

「ほら、金田さん、あーんして」

横から井上君の声が聞こえる。井上君は慣れた手つきで食介を進めており、料理はすでに半分以上減っている。口に入れてはすぐに次の料理を掬い、金田さんが飲み込んだタイミングですかさずスプーンを口に当てる。食介に時間をかけすぎても利用者さんが疲れてしまうので、テンポ良く進めること自体はたぶん間違っていない。ただ、機械的な井上君の動きを見ていると、鳥に餌を食べさせているみたいに思えてやるせなくなる。

「あ、大石さん、坂田さんの薬行ってもらっていいっすか?」

井上君に言われ、俺は慌てて坂田さんの方を見た。坂田さんは自立のおじいちゃんだ。人と関わるのが好きでないらしく、五分くらいで食事を済ませるとすぐに居室へ戻ってしまう。ただし食後の服薬があるので、薬を飲まない限りは帰れない。

「あ、はい。坂田さんお薬行きまーす」

益川さんの傍を離れ、詰め所に置いてある薬ボックスの方へ向かう。ナースが準備してくれた薬が、利用者さんの名前をテプラで貼った小さな箱に分けて収納されている。

「はい、じゃあ坂田さん、四月二十九日昼食後のお薬です」

坂田さんの傍に行き、薬包《やくほう》に印字された日付と食事時間を読み上げる。坂田さんは「ん」とだけ言って手を差し出してきたので、薬包を千切って中に入った錠剤をその上に載せた。口に入れるまで見届けた後、空になった薬包と食器を回収して戻った。

坂田さんは完食していたので、経過表にその旨を記入する。他にも何人か食べ終わっている人がいたので、服薬をしてから益川さんの食介に戻る。入れ替わりで井上君が完食した金田さんの食器を下げた。

「大石さん、川口さんの誘導行ってきていいっすか?」

井上君が尋ねてくる。川口さんは歩行器を使っているおじいちゃんだ。一人では歩行が不安定なため、誘導時はヘルパーが傍に付く。トイレは自分で行けるので居室まで送るだけだ。

「いいよ。服薬は俺がやっとくから」

「お願いします。あ、金田さんはもう服薬終わってるっす」

服薬は食後が基本だが、食介が必要な人は食後に疲れて服薬を拒否することも多い。それを防ぐため、半分くらい食べたところで服薬をし、それからまた食介に戻ることがある。調子が悪くてご飯を食べられないときは、二、三口だけ食べてもらってから服薬をすることもある。何はともあれ薬だけは飲んでもらおうというわけだ。

井上君が川口さんを誘導するのを横目に、俺は益川さんの隣に戻った。益川さんはまだ三割くらいしか食べていない。せめて半分は食べてもらわないとまた潘さんに何か言われるかもしれない。謎のプレッシャーを感じながら俺は食介を再開した。


その後の昼ケアは滞りなく進んだ。井上君が誘導し、俺が食堂に残って服薬と食介をする。ヘルパーの人数が足りない場合、事務所にいるナースやケアマネがヘルプに来てくれるときもあるが、今日は大丈夫そうだ。

十二時半になったところで、松井さんが休憩から戻ってきた。食堂に残っているのは車椅子が四台。益川さん、金田さん、菊池さん、前本さんだ。前本さんは調子のいいときは自分で食べるのだが、今日は全然食べる気配がなかったので、途中から益川さんと同じように食介をした。食介するとスムーズに食べてくれてあっという間に完食した。

「大石君お疲れさま。後は私と井上君でやっとくから、休憩行っていいよ」

松井さんが食堂を見回しながら言った。やっと午前中が終わったと思ってほっとする。

「あ、はい。前本さん今日調子悪いみたいですね。最初全然食べてくれなくて」

「日によってムラがあるからねぇ。調子いいときはほっといても一人で食べるんだけど」

「菊池さんは水分摂らないですね。お茶も味噌汁もほとんど残してます」

「朝から合計三百か。ちょっと少ないな。まぁでも食事摂れてるからいいよ」

「後は益川さんですね。三割くらいしか食べてないんですけど、大丈夫でしょうか？」

「んー、ちょっと少ないけど、薬飲んでればとりあえずいいよ」

俺が何を言っても松井さんは軽くあしらってしまう。ヘルパー歴十八年のベテランからすればどれも些細《ささい》なことらしい。

「じゃ、休憩行ってきます。服薬は全員終わってますんで」

「はいよ。ゆっくりしといで」

松井さんが言い、「菊池さーん、お茶飲みよー！　全部飲まんと晩ご飯抜きにするよー！」と大声で呼びかける。脅しのような言葉を大声で言うものだから俺も最初はビビったのだが、よくよく聞けばその口調は冗談っぽく、コミュニケーションの一つとして言っていることがわかった。言われた菊池さん本人も、顔をしかめながらもお茶を飲んでいて怒る様子はなかった。肝っ玉母さんキャラの松井さんだから許されるんだろう。

休憩室は事務所の向かいにある。机が一台と、椅子が二脚ずつ向かい合わせに並んでいるだけの小部屋だ。ヘルパーに個別の机はないのでここで飯を食うしかないが、仲良くない人と休憩が重なると結構気まずい。喋るにしても話題が続かないし、向かい合わせで座っているのに、無視してスマホをいじるのもそれはそれで変に思われる。外に食べに行ければ一番いいのだが、あいにく近くに飲食店はない。

今日いるメンバーは誰だっけ。施設長はいつも事務所で食べるし、ケアマネは会議で外出している。生活相談員は休みだし、残るはナースと、一階と三階のヘルパーくらい。話しやすい人が一緒だといいけど、と思いながら俺はそっと休憩室の引き戸を開けた。

「あ、大石君、お疲れさま！」

その声を聞いた瞬間、介助と虚しさで疲れ切っていた俺の身体から一気に疲労が吹っ飛んだ。肩までの黒髪をポニーテールにした女の子が奥側に座っている。同期の鮎川美南《あゆかわみなみ》ちゃんだ。小柄な上に華奢《きゃしゃ》で、色白の肌に薄ピンクの制服がよく似合っている。

「あ……美南ちゃん、お疲れ。もしかして美南ちゃんも休憩？」

「うん。十二時から！　ついさっき入ったとこ」

「そうなんだ。今日は日勤？」

「うん。大石君も？」

「でも同じ時間帯なのに全然会わないよな」

「まぁフロア違うししょうがないよね。なかなか他のフロアまで行く余裕ないよな」

美南ちゃんは三階の担当だ。アライブ矢根川はベテランの職員が多く、新人をまとめて育てようということで同じ施設に配属になったらしい。ちなみに、内定式の時点では同期は四人だったのだが、一人は三月になって辞退し、一人は入社後一週間でバックれたので、残っているのは俺と美南ちゃんだけだ。

「大石君は今日何してたの？」

「水補と食介。いつもと一緒だよ」

「私も。でもそろそろ他のこともできるようになりたいよね」

「まぁな。ずっと同じことばっかしてても飽きるし」

「飽きるっていうか、私はもっと利用者さんと関わりたいから。普段はどうしてもバタバタしちゃうけど、お風呂とかだとゆっくりお話しできるしいいなって思って」


他に受からなかったから入社した俺とは違い、美南ちゃんは最初から介護職を志望していた。大学も福祉系で、福祉以外の仕事に就くことは端《はな》から考えなかったらしい。

「美南ちゃんは偉いよな……。ちゃんと好きでこの仕事してんだから」

「そんなことないよ。私はただ人の役に立ちたいだけ」

「でも介護って肉体労働だし、キツいとか辞めたいとか思わないの？」

「うーん、大変だって思うことはあるけど、利用者さんから感謝されたら嬉しいし、辞めたいとは思わないかな」

美南ちゃんがあっけらかんと言う。「人の役に立ちたい」とか「感謝されたら嬉しい」とか、俺からしたら面接対策用の上《うわ》っ面《つら》の言葉だ。でも美南ちゃんの言葉には全く繕《つくろ》ったところがなく、本気で言っていることがよくわかる。

「大石君だって、ありがとうって言われたら嬉しいでしょ？　それと同じだよ」

「うーん。確かに感謝はされるけど、他の条件悪すぎっていうか……」

「まぁ、大変なわりにお給料は低めだもんね。でもその分やりがいあるし、私は好きだよ、この仕事！」

美南ちゃんがにっこり笑って言う。あ、ヤバい、可愛い。思わず見とれてしまったところで、美南ちゃんが思い出したように壁の時計を見た。

「あ、もうこんな時間！　そろそろ戻らなきゃ」

「え、もう？　休憩一時までじゃないの？」

壁の時計を見ながら俺は尋ねる。針は十二時五十分を指していた。

「そうなんだけど、今日フロア手薄だから、早めに戻った方がいいかと思って」

「そんな気遣わなくても……。休憩中なんだしゆっくりしてりゃいいじゃん」

「うーん、でもやっぱり気になるからもう行くね。大石君はゆっくりしてて！」

美南ちゃんが言っていそいそと立ち上がる。俺が引き留める間もなく出て行ってしまい、休憩室には俺一人だけが残された。

「……なんだよ、あっさり行っちまって。そんなに年寄りが好きなのかよ」

脱力して椅子にもたれながら、拗ねたように俺は呟いた。同じ施設で働いていても美南ちゃんと顔を合わせる機会は滅多にない。だからもっと喋りたかったのに、あっという間に行ってしまった。自主的に休憩を切り上げるほど美南ちゃんは介護の仕事に熱心でいる。こんな仕事にそこまでエネルギー使わなくていいのに、とせっかくのチャンスを奪われた俺は恨み言を垂れ流したくなった。


その後休憩室には誰も来ず、俺は休憩時間の終わりギリギリまで粘ってから二階に戻った。入れ替わりで井上君が休憩に行き、松井さんは詰め所で経過表を書いている。

「お、前本さんが食後に排便ありか。下剤抜いてもらわないと」

「金田さんも排便あったんですね。今日なかったらコート三なんでよかったですね」

経過表を見つつ松井さんの言葉に答える。食後に排泄の話をするのもすっかり慣れてしまったが、自分でオムツ交換をし始めると飯が食えなくなるのだろうか。まぁ、今はまだ関係ないので、コート三だろうが四だろうが正直どうでもいいのだが。

「この後は二時から巡回して、三時からレクか。レクの誘導は井上君が戻ってきてからでいいかな。巡回は私が行くから、大石君は水補しといてくれる？」

「はい……」

内心またかよと思いながら俺は頷いた。美南ちゃんとは違った意味で別の仕事がしたくなる。

談話室には利用者さんが何人か残っている。食事が終わったら普通は居室に誘導するのだが、利用者さんの中にはいろいろな理由で居室に戻さない方がいい人もいる。例えば、昼間から居室にいるとつい寝てしまって夜に眠れなくなる人。そういう人は生活が昼夜逆転になるので、昼間は談話室でお茶を飲むなどして起きていてもらう。また、歩けないのにベッドから起き上がる人もいて、そういう人は一人にすると転倒する危険があるので、昼間は談話室にいてもらってヘルパーの目が届くようにする。そんな理由で食後も談話室に残っているのが二階では四人。山根さん、益川さん、菊池さん、村上さんだ。ただし、菊池さんは家族さんが面会に来ているので今は談話室にいない。

益川さんばかり介助するのも飽きたので、別の人の水補をすることにした。まず談話室の端にいる車椅子のおじいちゃんに近づいて声をかける。

「山根さんこんにちは。お茶飲みましょうか」

「お、ちゃ」

山根さんが区切りながら返事をする。お茶のコップを差し出すと、ゆっくりと持ち上げて飲んでくれた。こういう素直な人は有り難い。

「美味しいですか？」

「ふ、つう」

「ですよね」

思わず笑い、山根さんも口を開けて笑った。認知症の影響で失語があり、滑《なめ》らかに喋ることはできないが、この人とのコミュニケーションは苦にならない。

「もっと飲んでくださいね。じゃ、失礼します」

山根さんから離れ、テレビの前で車椅子に座っている大柄なおじいちゃんの許へ行く。

茶色いレンズの眼鏡をかけた姿は見るからに強面《こわもて》で、話しかけるのに少し勇気がいった。

「村上さんこんにちは。お茶飲みませんか？」

「いらん」

にべもなく言われる。「ですよね」と言って引き下がりたかったがそうもいかない。

「村上さん、今日あんまり水分摂ってないから、摂らないと脱水になりますよ」

「いらん言うとるじゃろ！」

村上さんの大声が響き、お茶を飲んでいた山根さんがびくりと肩を上げる。村上さんは人に指図されるのが嫌いらしく、ヘルパーが少しでも何かを言うとすぐに大声を上げる。だが居室に戻すとベッドから起き上がろうとして危ないので、昼間はこうして人の目のある場所にいてもらっている。

「……すみません。お茶、置いときますから、ちょっとでも飲んでくださいね」

ビビりながら言って足早に遠ざかる。詰め所を見ると、松井さんが苦笑して首を横に振っていた。「無理しなくていい」というサインだ。一人でテレビを観ている限り村上さんは怒らない。触らぬ神に祟りなしというやつだ。

山根さんのところに戻ろうかと思ったが、一人で飲める人の傍に付いていても仕方がない。迷った末、結局益川さんの水補をすることにした。

十四時半になると井上君が戻ってきた。松井さんは巡回に行っている。

「もうそろそろレクっすね。大石さん、誘導行ってもらえます？」

「わかった」

井上君と短く会話をし、水補を切り上げて居室に向かう。レクというのはレクリエーションのことだ。毎日十五時から、利用者さんに談話室に集まってもらって何かをする。内容は日によって変わり、クイズをすることもあれば、ラジオ体操などの軽い運動をすることもある。レクを楽しみにしている利用者さんは多いが、やる側からすると毎日違う内容を考えるのが大変だ。

自立の人には例によって声だけかけ、車椅子や歩行器の人を誘導する。俺はまず西村さんの居室に向かった。西村さんは車椅子のおばあちゃんだが、手すりを持てば立てるのでトイレで用を足すことができる。トイレに行きたいときは自分でナースコールを押してくれるので、ヘルパーはそのときだけトイレ介助を行う。

「西村さーん、こんにちはー。レク行きましょかー」

居室に入り、ベッドに腰かけてテレビを観ている西村さんに声をかける。西村さんは「もうそんな時間かいな」と言って枕元にある時計を見た。

「さっき部屋戻った思ったらまた呼びに来て、帰った思ったらまた夕食じゃろ？　慌ただしいてしゃあないわ」

「すみません。でもずっと部屋にいるのもよくないので」

「まぁあんたらも仕事じゃから、文句言うてもいかんな」

西村さんが訳知り顔で言ってリモコンでテレビを消す。利用者さんの中にはこんな風に施設に不満を抱える人もいるが、面と向かって文句を言う人は少ない。下手にクレームをつけられても面倒だったので俺はほっとした。

「とりあえず車椅子つけますから、乗ってください」

入口近くに置いてあった車椅子をベッドの傍まで運ぶ。西村さんのように立てる人の場合、移乗もヘルパーが抱える必要はなく、転倒しないかを近くで見守るだけでいい。今日も西村さんはベッドの手すりを持ってひょこひょこ歩きながら自分で移乗した。

「トイレ行きますか？」

「いや、さっきも連れてってもらったからええ」

「わかりました。じゃあ動かしますね」

声をかけてから車椅子を前進させる。談話室に行くと自立の人がぽつぽつ集まってきており、井上君がコーヒーの準備をしている。レクが終わった後にはコーヒーとおやつが提供され、これを楽しみにレクに来る人も結構いる。

「あ、大石さん、松井さんが巡回終わって村上さんの排泄行ってるんで、他の人誘導してもらっていいっすか？」

井上君が声をかけてくる。特に決まりがあるわけではないが、談話室にいる利用者さんの排泄介助は最後に回すのが何となくの流れになっていた。

「わかった。えーっと、居室にいるのは三島さん、前本さん、金田さん、岡部さんか。三島さんと前本さんはさっきも移乗したし大丈夫かな」

「上野さんは直前でいいっすよ。あんまり早く誘導するとうるさいんで」

上野さんは車椅子のおじいちゃんだ。待たされるのが嫌いなため、食事やレクのときには最後に誘導し、終わった後は真っ先に誘導することになっている。ただし実際には他の人の対応で遅れることも多く、そうなるとすぐに文句を言う。

「とりあえず行ってくるよ。全員の誘導は無理かもしれないけど」

「まぁちょっとくらい遅れてもいいっすよ。誰も時間気にしてないんで」

とはいえ、二十分も三十分も開始が遅れたら文句を言う人もいるだろう。そうならない程度に急ごうと思いながら俺は居室に向かった。

三人を誘導したところで十五時を回ってしまったが、ちょうど排泄介助を終えた松井さんが手伝ってくれたので、五分ほど遅れただけでレクを開始できた。

「はーい、じゃあレク始めまーす」

並んだ車椅子の前に立って俺は言った。介助ができない俺はレクを担当することが多い。場を盛り上げるのは苦手だが、他にできることがないので文句は言えない。

「今日は皆さんが大好きな風船バレーです。ルールは簡単、風船を床に落とさないように叩くだけです。力入れすぎると風船が割れるので注意してください。じゃあ行きますよ……よーい、ドン！」

声を張り上げて持っていた風船を放り投げる。風船はゆっくりと空中を飛んで山根さんの車椅子の方に向かった。山根さんが軽く背を伸ばして片手で風船を叩く。風船はふわふわと飛んで今度は立っている杉山さんの方に向かった。杉山さんは両手でトスをし、風船がまた別の利用者さんの方に向かう。みんな夢中になって風船を追いかけており、その様子だけ見れば楽しんでいるように見える。ただし俺からすれば、毎日同じことを繰り返すだけの退屈な老人ホーム生活の中で、他の時間よりはマシだと思い込んでいるだけじゃないかと思うのだが。

「あ、三島さん風船来てますよ！　ほら、トスして！」

内心は冷めつつもサボっていると思われると怒られるので、声を張り上げつつ半分寝かけている三島さんの傍に駆け寄る。三島さんはトスをしようと両手を上げたが、失敗して風船が頭にぶつかった。もちろん風船なので怪我はしない。

「ああ残念。でも本番はこれからですよ！」

大袈裟に悔しがってみせた後、まだ風船に触っていない利用者さんを探す。そこで詰所で経過表を書いている松井さんと、コーヒーにとろみを付けている井上君の姿が目に入った。二人ともこちらには関心がない様子で自分の仕事に集中している。その様子を見ていると、一人でテンションを上げている自分が急にバカみたいに思えてくる。

（……俺、何やってんだろうな）

急速に心が冷えていくのを感じるが、レクの最中に職員がしらけた顔をしていると文句を言われるかもしれない。俺は葛藤を振り払うように風船を勢いよく放り投げた。


二十分ほど風船バレーをした後で休憩となり、全員におやつが配られた。今日のおやつはクッキーだ。といっても、きざみやペーストの人は原型がわからない状態で提供される。

「益川さーん、クッキーですよー、頑張って食べましょかー」

例によって俺は益川さんの食介をしていた。食事に比べておやつは比較的スムーズに食べてくれることが多く、すでにクッキーは半分ほどに減っている。介助される状態でもおやつは楽しみなものなのだろうか。

「菊池さーん、クッキーだけじゃなくてコーヒーも飲んでよー！」

「前本さーん、人のおやつ食べたら駄目よー！　晩ご飯食べれんなるよー！」

松井さんはあちこちに声をかけながら金田さんの食介をしている。後ろの席の川口さんが立ち上がろうとするとすかさず「川口さーん、危ないから座っとってよー！」と声をかける。大勢の利用者さんを一度にあしらう様子はまさに子どもをあやす母親だ。

「うわ、このバンドかっけぇ……。次のバイト代でＣＤ買おうかな」

井上君は山根さんの食介をしつつも半分テレビを観ている。潘さんがいないときの井上君はいつもこんな感じだ。松井さんも注意することはなく、むしろ自分もワイドショーを観ては、「え、あの人また離婚したの？」などと呟いている。

二人の様子を横目で見ながら、俺はどんどん気持ちが沈んでいくのを感じた。

俺はいったい何をやってるんだろう。こんな動物園みたいなところで、やる気も学歴もない人達と一緒に仕事をして、何の知識もスキルも身につけないまま、毎日ひたすら同じことを繰り返している。そんな日々が虚しくてならない。

いったいいつまでこの生活を続ければいいのだろう。介護の仕事がどんなものかについて入社前に説明は聞いていたし、施設見学もしていたが、自分がこの中で介護をする姿がイメージできていたかと訊かれればそうではない。友人がスーツを着てパソコンに向かって仕事をする中、ダサいポロシャツを着て、ひたすら施設内を歩き回る仕事がこんなに虚しさを感じさせるものだなんて思わなかった。

確かにこの仕事を選んだのは自分だ。でも俺は美南ちゃんみたいに好きでこの仕事をしているわけじゃない。他に受からなかったから入っただけで、人の世話がしたいわけでも、年寄りが好きなわけでもない。

だけど、そんな俺の気持ちは誰にも理解されることはない。テルのように「大変だな」と高みから同情されるか、ノブのように「人の嫌がる仕事を引き受けて偉い」と形だけの称賛を寄せられるだけだ。でもそんな言葉は俺の心には響かない。

正直に言おう。俺はこの仕事が嫌いだ。


十六時前になったところで、自立の人は一旦居室に戻っていった。井上君は夕食前の排泄介助のため、車椅子の人を一旦居室に戻している。松井さんは早出なのでもうすぐ上がる。

「田沼《たぬま》ちゃん遅いねぇ。いつも十五分前には来てるのに」

松井さんが壁の時計を見て呟いた。田沼さんは四十代の正社員で、今日は夜勤だがまだ詰め所に来ていない。時計は十五時五十五分を指している。

「確かに珍しいですよね。なんかあったんでしょうか？」

「さあねぇ。四時までに来てくれるといいけど」

松井さんが気忙《きぜわ》しそうに身体を揺する。時間どおりに帰れるか心配なのだろう。

俺達が話をしていると階段の方から足音がした。黒髪をボブにし、丸眼鏡をかけた小柄な女性が小走りで階段を上がってくる。今まさに話をしていた田沼明子《あきこ》さんだ。ヘルパー歴二十年以上の大ベテランで、肝っ玉母さんキャラの松井さんとは違い、優しいお母さんという雰囲気だ。

「あ、田沼さん。おはようございます。遅かったですね」

詰め所に入ってくる田沼さんに俺は声をかけた。田沼さんが頷き、申し訳なさそうに胸の前で両手を合わせる。

「うん、家出ようとしたら雨降ってきて、洗濯物入れてたら遅くなっちゃったの。ごめんね、遅くなって」

「まだ四時回ってないし大丈夫ですよ。事故とかじゃなくてよかったです」

「そうそう。気にしなくていいよ。じゃ、私は帰るから後よろしくー」

松井さんが手をひらひらさせて詰め所を出て行く。歩くたびにふくよかな身体が揺れ、のっしのっしと足音が聞こえる気がする。

去っていく松井さんの姿を見送った後、俺は田沼さんに簡単に申し送りをした。

「えーと、今井上君が排泄行ってます。コートの人はいません」

「あ、前本さんお通じあったのね。よかった。水分はどう？」

「菊池さんはまだ五百なので少ないですね。益川さんは八百飲んでます」

「なら夕食のときはコップ一杯で十分かな。大石君が頑張って水補してくれてるおかげだね」

「それしかすることないだけですよ。俺は排泄も入浴もできませんし」

「そんなことないよ。見守りしてもらえるだけでも有り難いし、私はすごく助かってるよ」

田沼さんが目を細めて優しく笑う。その陽だまりみたいな笑顔を見ていると、何となくこっちも気持ちが明るくなったような気がした。

「夕食五時からですし、誘導はちょっと早いですよね。菊池さんの水補しましょうか？」

「うーん。でも大石君ずっと水補してたんでしょ？　夕食でも飲んでもらえるし、ちょっと休んでてもいいよ」

「でも……」

「まだ慣れてないだろうし、無理はしたら駄目だよ。頑張りすぎて倒れたら大変だからね」

田沼さんに諭されて俺は頷き、詰め所に戻って来月のイベントのチラシなどを見ることにした。田沼さんはその間に菊池さんに近づき、「菊池さん、ちょっとでもお茶飲もうか」と目線を合わせて声をかけている。

田沼さんと顔を合わせるたび、俺は何となく安心した気持ちになる。田沼さんは潘さんと違って優しく、何もわからずに現場に放り込まれた俺を気遣い、手取り足取り仕事を教えてくれた。利用者さんにも親身になって寄り添う姿はまさに理想のヘルパーという感じで、美南ちゃんはいつも田沼さんみたいなヘルパーが憧れと言っていた。

（……憧れ、か）

もし俺が最初から介護の仕事を志望していたら、自分も田沼さんのようなヘルパーを目指そうと考えたかもしれない。でも、ともすれば仕事を嫌だと思い、続ける気にもなれずにいる俺にとっては、田沼さんのような人が身近にいたところで何の意味もない。俺の内心を知らず、熱心に仕事を教えてくれることを申し訳なく思うくらいだ。

（……ここが普通の会社だったらよかったのにな）

俺は小さくため息をつき、気のない顔でチラシを捲《めく》った。

十七時からの夕食は普段どおり過ぎた。金田さんと益川さんの食介をし、菊池さんに水補を促し、一番早く食べ終わった坂田さんの服薬をし、手が止まっている山根さんと前本さんに声をかけ、居室に帰りたがる川口さんと上野さんをあしらい、そんなことを繰り返しているうちにあっという間に十八時を回った。

「大石君お疲れさま、もう時間だし上がっていいよ」

誘導から戻ってきた田沼さんが俺に声をかけた。俺は経過表に三島さんの食事量を記入しているところだった。食堂には車椅子が四台残っている。

「いいんですか？　まだ結構残ってますけど」

「うん。順番に誘導するから大丈夫。大石君、明日も日勤でしょ？　早く帰って休んだ方がいいよ」

確かに一日働いてくたくただ。俺は田沼さんの言葉に甘えることにした。

「じゃ、すいません、お先に失礼します。夜勤頑張ってください」

「うん、ありがとう。また明日ね」

田沼さんが笑顔で言い、食堂に残った食器を下げ始める。利用者さんの横を通るたびに「ごめんね、もうちょっと待っててね」と声をかけている。

先に帰ることに俺は少しだけ申し訳なさを感じたが、この場からさっさと立ち去りたい気持ちの方が勝ち、誰かに呼び止められないうちに足早に更衣室へと向かった。

私服に着替えて外に出ると、ようやく生き返った心地がした。外はまだ明るいが車の通りは少ない。きっとGWで出かけているのだろう。世間は浮かれているのかもしれないが、ヘルパーには土日も祝日も関係なく、大型連休なんて夢のまた夢だ。

駅まで徒歩十五分の道のりをのろのろと歩く。今から帰ったら家に着くのは十九時を回る。就職を機に一人暮らしを始めたはいいが、自炊をする元気はないから食事はいつもコンビニだ。軽くテレビを観てから風呂に入って、二十二時になる頃には疲れて寝る。そしてまた七時に起きて、出勤してダサい制服に着替えてひたすら年寄りの世話をする。

これが俺の日常だ。何の面白みもない、繰り返しの日々。現状に嫌気が差し、一週間でバックれた同期に続こうと考えたことは一度や二度ではない。

それでも何とか踏ん張っているのは、一か月やそこらで辞めたところで次がないと考えているからだ。せめて半年は続けないと、根気がない奴だと思われて次のところでも採用されない。だから半年だけの辛抱だと自分に言い聞かせて続けている。でもその間に排泄とか入浴とか夜勤とか、今よりもっと気の滅入る仕事をさせられるのかと思うと憂鬱になる。

いくら気になる女の子や優しい先輩がいたところで、それでこの仕事を好きになれるわけじゃない。俺がこの仕事をしているのは自分のため。感謝されるのが嬉しいとか、利用者さんの役に立ちたいとか、そんな綺麗なことはこれっぽっちも考えちゃいないのだ。

CARE 2　介護職なんて底辺でしょ？

「じゃ、自己紹介はじめまーす！　俺は加藤照之、仕事は銀行員です！」

「俺は田中泰明、公務員です！」

「俺は太田信彦、商社で働いてます！」

金曜日の十九時。レストランの店内で、スーツに身を包んだ友人三人が流れるように名前と仕事を言っていく。仕事を強調したように聞こえたのはたぶん気のせいじゃない。

「わー、皆さんすごいお仕事就かれてるんですねー！　銀行員なんて堅実で素敵です！」

「公務員もいいですよねー！　やっぱり安定してるのって大事ですし！」

「商社マンって絶対収入高いですよねー！　稼げる男の人ってカッコいいです！」

友人の自己紹介を聞いて向かいに座る女性陣からきゃあっと歓声が上がる。こっちも仕事を聞いて目の色が変わったのは絶対気のせいじゃない。

GW前の飲み会から早一か月、俺達四人は仕事終わりに集まって合コンに参加していた。

社会人になって二か月目、みんなそれぞれ仕事は忙しいようだが今日のために予定を調整してきたそうだ。合コン自体はテルの会社の先輩がセッティングしてくれたらしい。

「おいマサ、お前も早く自己紹介しろよ」

隣に座るノブに脇腹を小突かれ、俺は自分の番が回ってきたことに気づいた。女性陣が期待に目を輝かせて俺を見つめてくる。俺は胃の辺りが重くなるのを感じながら答えた。

「えっと、大石正人《まさと》。仕事はその、福祉です」

「福祉？」

一番手前にいる女の子が小首を傾げる。声のトーンが下がったように感じるのは気のせいだろうか。

「福祉ってどんなお仕事なんですか？　スーツ着てるってことは事務職？」

「あ、いや、これは一回家帰って着替えただけで、普段は制服なんです」

真新しいスーツを見下ろしながら答える。入社後一週間本部で受けた研修以来着ていないので、ほとんど皺《しわ》も寄っておらず綺麗だ。

「制服着るお仕事なんですか？　もしかして看護師さんとか？」

「あ、薬剤師さんじゃないですか？　薬剤師ってすっごい難しいんですよね！　大学六年くらい行かないといけないし。でもその分お給料高いんですよね！」

「それかお医者さんとか？　やだーエリートばっかりじゃないですか！」

最初に発言した子の隣の女の子、さらにその隣に座る女の子が次々とはしゃいだ声を上げる。自分に都合のいい解釈をする女性陣に俺は怒りを通り越して呆れた。医者とか薬剤師とか、そんな聞こえのいい仕事なら最初から正直に言ってるっての。友人三人の方を見ると気まずそうに顔を見合わせている。この反応もそれはそれでムカつく。

俺は大きく息をつくと、半ばやけくそになって言った。

「看護師でも薬剤師でも医者でもないです。介護です」

「かいご?」

女性陣が聞き慣れない単語を聞いたように首を傾げる。そんなにマイナーな仕事なのかとまたため息をつきたくなる。

「老人ホームで働いてるんですよ。お年寄りのお世話する仕事、要はヘルパーですよ」

「え……あ、その介護?」

ようやく腑《ふ》に落ちた様子で一番手前に座る女の子が言う。他にどの介護があるんだ。

「……え、でも皆さん同級生なんですよね。ってことは新卒で?」

「はい。今年の四月からです」

「……へえ、でも何で介護?」

「他に受からなかったからですよ。俺、こいつらみたいに面接上手くなかったんで」

軽い調子で言って隣に並ぶ友人三人を指差す。笑顔が引きつらないようにするのに苦労した。

「ふーん……。でも大卒で介護って勿体《もったい》ないですね。ニュースでたまに聞きますけど、お給料あんまりよくないいんですよね？」

「どうだろう。今はまだ入ったばっかだから、普通の会社とあんまり変わらないと思うけど」

「でも学歴いらないんですよね？　中卒でも働けるって聞いたことありますけど」

「うん。実際中卒で働いてる先輩もいるよ」

「それ嫌じゃないですか？　せっかく大学出たのに中卒の人と同じ仕事するのって」

「うーん……。普通の会社でも、入ったら大卒とか高卒とか関係ないんじゃないかな。仕事につながること大学で学んだわけでもないし」

「そうですかぁ……。でもすごいですね大石さん。新卒で介護なんて」

「ホントホント、わざわざ大卒で大変な仕事してるの尊敬します」

別の女の子も便乗して頷く。表面的には褒めているが、明らかに下がった声のトーンから興味がなくなったことは明らかだ。「すごい」というのも「カッコいい」の意味じゃなくて、「よくそんな仕事続けられるな」という意味の「すごい」なんだろう。

「ま、こいつの仕事の話は後でゆっくり聞くとして、そろそろ女性陣の自己紹介行きましょー！」

ヤスが無理やりテンションを上げた感じで話題を変える。やる気のなさそうな顔になっていた女性陣もすぐさま極上の笑顔を作った。

「あ、そうでしたね！　介護やってる人とか珍しいんで、ついいろいろ訊いちゃいました」

「大卒で介護とかさらにレアですもんねー！　あたしの周りにも一人もいないですもん」

女性陣が甲高い声を上げ、ねー？と顔を見合わせながら頷く。関心がない以上悪意もないのだろうが、何気ない一言がぐさぐさと心を突き刺してくる。

その後は女性陣が順番に自己紹介をした。一人はウェブデザイナー、一人は公務員、二人は事務職。よく聞く『普通』の仕事ばかりだ。

全員が自己紹介を終えたところで乾杯し、男はビールを、女性陣はカクテルを飲んだ。その後はお互いの仕事の話になったが、俺に話が振られることはなかった。ヤスは流れであぁ言っただけで、誰も俺の仕事になんて興味はないんだろう。

俺は最初の方こそ頑張って会話に加わっていたが、途中から気を遣うのに疲れたので、開き直って食事に専念することにした。友人三人はそれぞれ向かいの女の子と意気投合したらしく、自分達のお喋りに夢中になっている。俺の向かいに座る女の子は退屈そうにスマホをいじっていた。当てが外れたからってそこまで露骨に嫌わなくてもいいだろうに。

味のない料理を咀嚼《そしゃく》しながら俺は部屋の入口を見た。綺麗に整列した八人分の靴が目に入る。ある程度履き古した革靴の中で、一つだけ新品に近いのは俺のものだ。家に帰ったらまた靴箱の奥にしまわれ、三か月は履く機会がないだろう。今日のために気合いを入れてスーツを着てきたが無駄だったようだ。

いくら見た目を変えても俺はヘルパー。低収入な上に肉体労働者で、女の子にモテる要素など一つもない。だから合コンでも相手にされない。

俺は小さくため息をつくと、やけ酒とばかりにビールを追加で注文した。


翌日、俺は二日酔いの身体を引き摺りながらアライブ矢根川に出勤した。酒に強いわけでもないのに飲み過ぎてしまったようだ。寝不足のように頭ががんがんするが急に休むわけにもいかない。人員はいつもギリギリなのだ。

八時四十分頃に施設に到着し、事務所のメンバーに挨拶しながら更衣室に向かう。気持ちがどんどん滅入っていくのはたぶん二日酔いのせいだけではない。

「あ、大石君、おはよう」

誰もいないと思っていた更衣室に人がいたので俺は驚いた。見ると、奥のロッカーでナースの野島《のじま》さんが着替えをしているところだった。野島啓太《けいた》さんという二十代後半の男性で、長身にベリーショートのさっぱりとした髪型をしている。顔立ちも整っている方なので、ポロシャツなんかじゃなくてスーツを着たらカッコいいだろうなといつも思う。

「あ、野島さん、おはようございます。一緒になるの珍しいですね。野島さんいつもはもっと早いですよね？」

自分のロッカーに荷物を入れながら俺は挨拶した。俺のロッカーは野島さんのロッカーの二つ右隣にあるので、自然と並んで会話する格好になる。

「うん。いつもは八時半くらいに来てるよ。今日はちょっと寝坊しちゃって」

「へえ、珍しいですね。なんかあったんですか？」

「昨日看護学校の同期と飲み会してさ。一年ぶりくらいに会ったからつい話し込んで、帰るの遅くなっちゃったんだよ」

「そうなんですか。俺も昨日飲み会だったんですよ」

ピンクのポロシャツを頭からかぶりながら俺は言った。合コンと言うとまた虚しくなりそうだったのでぼかしておく。

「そうなんだ。楽しかった？」

「いや……あんまり。なんか就職してから微妙に話合わなくなって」

「ああ、そういうのはあるよね。僕の同期もほとんど病院勤めだから、どうしても医者の愚痴とかが多くなって話に付いていけないんだよね」

野島さんが納得した顔で頷く。そういう次元の話ではないのだがと思いつつ、俺は何も言わなかった。

「野島さんも前は病院勤めだったんですよね。老人ホームとは違いますか？」

「んー、そうだね。向こうは交代制で、時間不規則なのが大変かな。こっちは日勤だけだから有り難いよ」

ナースの勤務時間はヘルパーの日勤と同じ九時から十八時だ。ナースは野島さん以外に常勤の職員がもう一人いて、必ずどちらかが出勤するようシフトが組まれている。

「確かに交代制だと大変ですよね。病院だと夜勤もあるんでしたっけ？」

「うん。週に一回くらいあったかな。昼間より職員少ないから大変なんだよね」

「そうなんですか。そう聞くと病院のナースってちょっとヘルパーと似てますね。まぁ俺はまだ日勤しかしてませんけど」

「まだ入って二か月だもんね。どう？　慣れた？」

「うーん……。慣れたと言えば慣れましたけど、全部の仕事覚えたわけじゃないんで、この先どうなるかって考えると正直不安ですね」

「最初から全部やろうとしなくていいんだよ。一つずつ順番に覚えていけばいいから」

「でも、いつまでも同じことばっかしてるのもどうかって思いますよ。他の奴らに差つけられそうな気がして」

「大石君は大石君のペースでやればいいんだよ。人と比べてもしょうがないしさ」

「はぁ……」

「じゃ、僕先に行ってるね。大石君も急いだ方がいいよ」

着替えを終えた野島さんが更衣室を出て行く。ナースの制服は紺色のポロシャツだ。ヘルパーと区別が付くように色を分けているらしいが、何で向こうはカッコいい紺で、こっちはダサいピンクなんだよと見るたびにいじけてしまう。

一人になった俺はのろのろと着替えを再開した。同性で歳が近いせいか、野島さんはよく俺に声をかけてくれる。調子はどうか、仕事には慣れたかと尋ね、さっきみたいにそれとなく元気づけてくれるのだ。それは利用者さんに対しても同じで、時間ができては談話室に来て、そこにいる利用者さんに調子はどうかと声をかけて回っている。そんな風に気遣ってもらえると利用者さんも嬉しそうにして、自分の体調についてあれこれと喋っていた。俺自身、野島さんに気にかけてもらえるのは有り難かったが、だからって全部の気持ちを打ち明けられるわけじゃない。

俺がさっき言ったこと――この先どうなるか不安だとか、他の奴らに差をつけられそうだとか、その真意まで野島さんに知らせるつもりはなかった。

八時四十五分を回ったところで、更衣室を出て二階の詰め所に行った。詰め所には夜勤明けの田沼さんが一人でいて、経過表を書いていた。

「田沼さん、おはようございます」

邪魔しないようにそっと声をかける。田沼さんが顔を上げて俺の方を見た。

「ああ大石君、おはよう。なんか顔色悪いけど大丈夫?」

「あ、わかります? 実はふつ……いや、寝不足で」

「そうなの? 体調悪いなら無理したら駄目だよ。早退した方がいいんじゃない?」

「いや、大丈夫です。休んだら他の人に迷惑かかりますし」

「そう? でも本当に無理しないでね。倒れたら大変だからね」

田沼さんは相変わらず優しい。自分だって夜勤明けでくたくたなはずなのに、こうやって俺を気遣ってくれる。俺は二日酔いで出勤してしまった自分が急に恥ずかしくなった。

「あ、もう朝礼行かないとね。大石君、代わりに詰め所入ってくれる?」

「わかりました。今日の早出誰でしたっけ?」

「潘さんだよ。今は山根さんの誘導行ってる」

潘さんの名前を聞いて身体に緊張が走る。二か月経ってもあの人にだけは慣れない。

「そうそう。潘さんが今日、大石君に新しいことしてもらうって言ってたよ」

「新しいこと？　何ですか？」

「さあ、詳しくは聞いてないけど。潘さんが帰ってきたら訊いてみたら？」

田沼さんが言って小走りで朝礼に向かう。一人になると俺は急に不安になってきた。どうせ今日も延々と水補と食介をするだけだと思っていたのに、潘さんは俺に何をさせるつもりなんだろう。


五分ほどして潘さんが詰め所に戻ってきた。眉間《みけん》に皺を寄せてかなり不機嫌そうなので、挨拶するのもちょっと勇気がいった。

「もう最悪。山根さんのトイレ介助してたら便器座る前におしっこして、あっちこっち飛ぶからズボンから靴下まで全部濡れて、おかげですごい時間かかったよ」

「そ、そうですか。大変でしたね」

愚痴を漏らす潘さんにビビりながらも返事をする。男性のトイレ介助をする場合、立った状態だと転倒のおそれがあるので便器に座って用を足してもらう。ただし、タイミングが合わないと今回のように失禁して更衣する羽目になるらしい。

「あ、そうそう。大石君にも今日から排泄介助してもらうから」

「え、排泄？」

「そう。大石君がやってるのって西村さんのトイレ介助くらいでしょ？　そろそろ他の人もできるようになった方がいいから」

介助といっても西村さんの場合は簡単で、本人が手すりを持って立っている間にズボンとショーツの上げ下ろしをするくらいだ。だから排泄介助らしい介助は確かにしていないが、よりによって今日新しい仕事をするのは正直気が重い。

「あの、それって今日じゃないといけませんか？　できれば明日とかの方が……」

「今日は松井さんが遅Aで、井上君が遅Bで来るから人員に余裕あるんだよ。こういう日じゃないとなかなか教える時間も取れないから」

「でも俺、今日ちょっと体調悪くて。日変えてもらった方が有り難いんですけど……」

小声で反論を試みたが、潘さんにじろりと睨まれて俺は亀のように首を竦めた。

「大石君、今入って何か月目？」

「えっと、二か月目です」

「二か月も経ったらそろそろ新しい仕事覚える時期でしょ。いつまでも水補と食介ばっかりやってればいいと思ってるわけじゃないよね？」

「は……はい」

「だったら文句言わないで。仕事覚えるのもお給料のうちなんだからね」

有無を言わせぬ口調で言い、潘さんが机に置かれた経過表の方に向かう。俺はますます痛む頭を押さえながら、こんなことなら気を遣わずに休めばよかったと早くも後悔した。


朝礼から戻った田沼さんから申し送りを受け、一時間の水補を終えたところで十時になった。いよいよ巡回兼排泄の時間だ。今日の巡回は午前が潘さん、午後は井上君が当番だ。心配そうな田沼さんに見送られ、俺は潘さんに付いて巡回に向かった。

「今日は金田さんがコート三、前本さんがコート四だから注意しないとね。大野さんも朝五時から排尿ないからよく見とかないと」

申し送りの内容を確認しながら潘さんが言う。コート三と四、つまり三日と四日の便秘ってことだ。こういう人には下剤を入れているので便が出ている可能性が高く、介助に時間がかかるので気をつけないといけないらしい。尿についても、普通に水分を摂っていれば二、三時間に一回は排尿があるものらしく、五時から十時まで排尿がないとしたら間隔としては少し長い。こういう場合は大量に排尿している可能性があるのでやっぱり注意が必要だそうだ。

「とりあえず手前から行こうか。まずは三島さんね」

ドアをノックしてから二人で居室に入る。三島さんはベッドで仰向けになりながらも起きていて、いつものように笑顔で俺達を出迎えてくれた。

「三島さんこんにちは。ちょっとおしっこ出てるか見せてもらっていいですか？」

潘さんに声をかけられ三島さんが頷く。潘さんは箪笥《たんす》の方に行き、その上に置いてあった使い捨てビニール手袋を取り出して装着した。

「排泄介助のポイントはいろいろあるけど、まずは必ず手袋すること。直接尿に触ったら感染症になることもあるから。それから汚れたオムツを置く用に床に新聞紙を敷いておくこと。床に直接置くのは絶対止めて。後は事前に替えのパッドを用意してベッドに置いておくこと。ベッドから離れてる間に利用者さんが転落したら大変だから」

潘さんが早口で説明するのを必死でメモに取る。潘さんはトイレに置いてある新聞紙を床に敷き、それからオムツと大きい生理用ナプキンのようなものを持ってきて俺に見せた。

「これはテープ留めのオムツ。前後に開いて使えるようになってる。この上にこっちのビッグパッドっていう大きめの尿取りパッドを敷いて、二重にして使うの。オムツが濡れてなかったらパッドだけ交換すればいいから」

「わかりました」

「あとついでに説明しとくと、オムツにはもう一つリハビリパンツっていう種類があるの。こっちも紙オムツなんだけど、普通のパンツみたいに上げ下ろしできるから、トイレ介助の人にはこっちを使ってもらってる」

「そっか。一口にオムツっていってもいろいろあるんですね」

「そう。昼間リハパンの人でも、夜はテープ留めに替えたりもするんだけどね。じゃ、パッドの準備もできたし、三島さんベッド上げますね」

潘さんがベッドの頭側にあるスイッチを持ってボタンを押す。一番下まで下がっていたベッドの高さがみるみる上がっていく。

「移乗のときは車椅子と同じ高さまで上げるけど、排泄介助のときはもう少し高めで、自分が楽な姿勢で介助できるとこまで上げるの。ベッドが低いままだと変な姿勢になってすぐ腰痛めるから。ただし離れるときは下げ忘れないように注意して」

潘さんが説明している間にもベッドはゆっくり上昇していく。腰の辺りまで上がったところで潘さんはボタンから手を離した。

「じゃ、まずあたしがやるの見てて。最初はズボン下ろすとこからね。まず手前に体交《たいこう》して半分下げて、それから奥に体交して全部下ろすの」

体交とは体位交換の略で、身体の向きを変えることだ。同じ姿勢で長時間寝ていると、身体の一部が圧迫されて皮膚が赤くただれてくる。これを褥瘡《じょくそう》といって、自分で寝返りを打てない高齢者は褥瘡ができやすいらしい。なのでヘルパーが一定時間ごとに体交をして、褥瘡ができるのを防止するというわけだ。

潘さんは慣れた手つきで三島さんの身体を左右に動かしてズボンを下ろした。オムツに包まれた下半身が露《あら》わになる。

「三島さんごめんなさいね。勉強のためだから大石君にも見せてくださいね」

潘さんが申し訳なさそうに声をかける。いくら年寄りでも女性が男にパンツの中を見られるなんて嫌だろうってことは想像がつくが、三島さんは嫌がる様子もなく笑った。世話をされることに慣れてしまったのだろうか。

「じゃ、オムツ外しますね。大石君、よく見といてよ」

無意識のうちに目を逸らしていた俺は急いでベッドに視線を戻した。遠慮してる場合じゃないのはわかるが、いろいろな意味でちょっと気後れしてしまう。

オムツの前面は左右から真ん中にかけて二本ずつのテープで留められている。テープを順番に外して横に開き、オムツの前面を手前に倒す。するとオムツの上に敷かれたビッグパッドが目に入った。黄色い染みが広がっている。

「オムツは汚れてないし、これならパッドだけ替えればいいね。三島さん、おしっこ出てるから綺麗にしますね。大石君、いい？」

「あ、はい」

「まず新しいパッド広げて、それから奥に体交して、汚れたパッドを手前から抜き取って新聞紙の上に捨てる。その後で新しいパッドを手前から入れて、手前に体交してパッドの奥側の位置を調整する。こんな風に」

今説明したとおりのことを潘さんが流れるように行う。職人技とも言える速さに俺はただただ圧倒された。

「パッドの位置を整えたら、オムツと一緒に前側を持ち上げてテープで留める。留め方が緩いと尿漏れするからきっちり留めるのがコツね」

オムツの左右に付いた四本のテープを前側に持ってきて蓋をする。上側のテープは先端がやや下向き、下側のテープは先端がやや上向きになっており「×」を書いているようだった。

「テープ留めたらもう一回体交して、背中側のオムツを整えつつズボンを上げる。あ、服の皺も伸ばしておいてよ。こういうのも褥瘡の原因になるから」

説明しながらやはり流れるように潘さんはズボンを上げていき、三島さんはあっという間に服を着た状態に戻った。介助を始めてから五分もかかってないだろう。

「後は忘れずベッド下げて終了。三島さん、終わりましたよ」

潘さんが表情を緩めて三島さんに声をかける。三島さんは歯のない口で笑った。綺麗になって気持ちいいのか、いつもよりいい笑顔だ。

「ま、パッド交換はこんな感じかな。なんか質問ある？」

ベッドを一番下まで下げながら潘さんが尋ねてくる。その手際のよさに圧倒されていた俺は返事をするのに少し時間がかかった。

「あ、いや、質問はないですけど、潘さんめちゃくちゃ替えるの速いですね」

「まぁ慣れてるからってのもあるけど、意識して手早くするようにはしてる。デリケートな部分長い時間見られるのは嫌だろうし」

「ああ、そうですよね。でも俺、こんなに速くできる気がしないです」

「最初は時間かかっても仕方ないと思うよ。それより事故しないように気をつけて。ベッド上げっぱなしで出て行ったりしたら即インシデントだから」

「あ、はい。気をつけます」

しっかり釘を刺されて姿勢を正す。インシデントというのは、利用者さんに危険を及ぼす事故や、事故につながるような出来事のことだ。服薬の相手を間違えたり、きざみ食の人に普通食を配膳したり、移乗のときに車椅子のブレーキをかけ忘れていたりといったことは全部インシデントに当たり、それをやった職員は報告書を書かないといけない。ベッドの上げっぱなしは転落につながるので当然インシデントだ。

「汚れたパッドは小さく丸めて、手袋と一緒に新聞紙に包んでから捨てる。あ、捨てる場所は部屋のゴミ箱じゃなくて汚物室《おぶつしつ》ね」

「汚物室？」

「そう。廊下の一番奥にある部屋で、鍵かかってるから利用者さんは入れないようになってる。間違って触って感染症になったら大変だから」

「ああ……そういえばそんな部屋ありましたね」

配属初日に案内された気がするがすっかり忘れていた。にしても「汚物室」とは、名前からして入りたくない部屋だ。

「次は前本さんね。あたしこれ捨ててくるから、先に部屋行ってパッドとか準備しといて」

「わかりました」

「あ、そうそう。排泄介助終わったら一回一回手洗ってよ。菌が残ってたらいけないから」

言われなくてもそうすると思いながら俺は頷いた。二人して三島さんの居室を出て、潘さんが足早に汚物室へ向かう。あれだけ手際がよかったら子どものオムツ替えも速そうだ。

でも潘さん独身だっけ。そんなどうでもいいことを考えながら隣の前本さんの居室のドアを開けた。

「どうもー、オムツ替えに来ましたー」

おざなりに声をかけながら居室に入ると、ベッドで仰向けに寝ているおじいちゃんが無言でこっちを見た。そういえばこの人はコート四だった。排便があったら嫌だなと思いながらパッドとオムツを用意する。その間に潘さんが居室に入ってきた。前本さんに丁寧に挨拶してからベッドを上げる。

「前本さんも基本はさっきと一緒だけど、あれにプラスして男巻きもするの」

「男巻き？」

「小パッドでペニスを包むの。排尿だけなら小パッド替えるだけでいいから」

何のためらいもなく潘さんがその単語を口にし、俺の方が赤面しそうになった。でもそうだよな。男性の排泄介助ってことはそれを見るってことだよな。

「男巻きすると陰部が蒸れるから、本当はやっちゃいけないことになってるんだけど、実際にはやってる施設の方が多いと思う。どうしても限られた時間で回さないといけないし、男巻きするのとしないのとじゃかかる時間全然違うからね」

そう言いながらも潘さんは後ろめたそうだった。ヘルパーとしてのプライドが高そうなこの人のことだ。やっちゃいけないことをやらざるを得ない状況が自分でも嫌なのかもしれない。でも俺からしたら、ペニスにパッドが巻かれるなんて絶対に気持ち悪いし止めてほしいと思う。だけど介助されてる人は口答えなんてできないだろうし、せいぜい自分が下の世話をされることにならないように気をつけようと思った。

「前本さんごめんなさいね。すぐ終わりますからね」

潘さんが声をかけ、さっきと同じように素早くズボンを下ろす。オムツのテープを外すと、三角形に畳まれた小さなパッドが目に飛び込んできた。潘さんは迷いなくそれを外し、俺にとっては見慣れた男性器が露わになる。

「排尿だけで便はなしか。大石君、小パッド取ってきてくれる?」

「あ……はい」

俺の方が気後れしながらトイレにパッドを取りに行く。ヘルパー歴十年にもなると、慣れすぎて恥ずかしさとかないいんだろうか。

「男巻きのやり方はこうね。まず小パッドを横向きにペニスに当てて、ペニスの先端を包むように半分折る。それから左右を内側に畳んで全体的に包む。おにぎりをのりで包むみたいな感じかな」

潘さんが例によって早口で説明する。全くおにぎりには見えない物体の下に片手を入れて持ち上げ、パッドを差し込む。手袋をしているとはいえ、恋人でもない男のそれに触るのに抵抗はないんだろうか。

「男巻きができたら後はさっきと一緒。ビッグパッド当ててテープで蓋して、ズボン上げて皺伸ばして終了。スムーズに行ったら五分かからないくらいかな」

そんなことを言いながら潘さんは着々とオムツを閉じてズボンを上げた。時計を見ると確かに三分ほどしかかかっておらず、本当にすぐ終わってしまった。

「排便なかったのがちょっと残念だね。次の巡回のときまでには出てるといいけど……って大石君、どうかした？」

俺が呆気《あっけ》に取られていたのに気づいたらしい潘さんが声をかけてくる。俺は当惑しながら答えた。

「あ、いや……何ていうか、潘さんすごいなって」

「すごい？　何が？」

「その……嫌じゃないんですか？　ペニスを見たり触ったりするのって……」

「そんなこと言ってたら仕事にならないから。入浴介助のときなんか相手裸なんだよ？」

「それはそうですけど……」

「あのね大石君、あたし達は別にやらしいことしてるわけじゃないの。必要な介助だからやってるだけ。変なこと連想するのは止めてくれる？」

「はい、すみません……」

叱られる格好になってしゅんとする。たぶん潘さんは嫌だとか恥ずかしいとか、そういう次元を超えてるんだろう。仕事だと割り切って、何の感情も交えずにそれに触れている。

でも、誰でもそんな風に割り切れるわけじゃないと思う。いくら仕事だからって、若い女の人が日常的に男性器を見たり触ったりするなんて普通は嫌だろう。例えば美南ちゃんが同じことをやれと言われたら抵抗を感じるはずだ。それともあの子は、それも利用者さんのためだと言って嫌がらずにやるのだろうか。

「じゃ、女性と男性のパターン両方見たし、次は大石君やってみようか」

前本さんの居室を出たところで潘さんが言う。美南ちゃんが男性の排泄介助をしている場面を想像しそうになっていた俺は急いで意識を戻した。

「え、もう俺がやるんですか？」

「見てるだけじゃ覚えられないでしょ。練習して初めて身につくんだから」

「はぁ……」

「並びでいうと次は大野さんか。朝の五時から排尿ないし、大量に出てるかもね。とりあえず先行っといてくれる？」

俺に返事をする隙を与えずに潘さんは汚物室に向かう。ものすごく憂鬱になりながら俺は大野さんの居室に向かった。

大野さんは排尿があったが、量は多くなかったのでビッグパッドを替えるだけで済んだ。とはいえ、人のオムツなんて替えたことのない俺は介助にものすごく苦労した。ビッグパッドがテープ留めからはみ出しているとか、テープの留め方が緩いとか潘さんから散々注意され、何度も直しているうちに十五分近くかかってしまった。

「……やっぱ見てるのと実際やるのは全然違いますね。手順とかコツとか全部飛んじゃいました」

大野さんの居室を出ながら俺は言った。新聞紙に包んだビッグパッドがずっしりと重い。大野さんは女性なので、俺に介助されるのが嫌なんじゃないかと思ったが、自分で交換すると焦りすぎて、そんなことを考える暇もなかった。

「まぁこればっかりは回数重ねて慣れていくしかないから。そのうち嫌でも覚えると思うよ」

「そう、ですよね……」

実際、排泄介助は一日に何度もする。日勤の間だけでも巡回時の二回と、昼食や夕食の誘導時と計四回も交換する。トイレの代わりと考えれば二、三時間に一回確認する必要があるのはわかるが、やる側からすれば一日に何度も人の陰部なんて見たくない。これから一日中下の世話をするのだと考えると俺はさらに憂鬱になってきた。

「じゃ、それ捨てたら次は金田さんとこ来て。あたし先行って準備してるから」

「……わかりました」

重い足を引き摺るようにして汚物室に向かう。中に入ると、ズボンやラバーシーツを水に浸けたバケツがいくつか並んでいるのが見えた。ラバーシーツというのは普通のシーツの上に敷く防水シーツのことで、これを敷くことによってシーツへの尿漏れを防ぐことができる。バケツの横には蓋付きの巨大なゴミ箱が置かれている。ここに汚れたパッドを捨てるのだろう。恐る恐る蓋を開けると、もわっと臭いがして思わず顔をしかめた。汚物を包んだ新聞紙を放り込んで逃げるように部屋を後にする。

(……これから毎日この部屋入んなきゃいけないのか。鼻おかしくなりそうだな)

このまま家に帰りたかったがそんなことができるはずもなく、のろのろと歩いて金田さんの居室に入った。ベッドではおばあちゃんが仰向けに寝ている。

「金田さんどうも。オムツ替えましょ……」

近づいて声をかけようとしたが、途中で異臭がして思わず足を止めた。うげ、と声が出そうになるのを堪え、息を止めて臭いをシャットアウトしようとする。

（この臭いって、やっぱり、アレだよな……）

さっき汚物室で嗅いだのと同じ臭い。そして金田さんはコート三。開けるまでもなくオムツの中がどうなっているかわかる。

俺が呼吸を止めたまま硬直していると、トイレからパッド類を持った潘さんが出てきた。手袋を二重にはめている。

「ああ大石君、金田さん便出てるみたいだから、今回はあたしがやるわ」

「あ……はい。お願いします」

自分がやらずに済んでよかったと安堵しながら呼吸を再開する。そこで潘さんがパッドと一緒に見慣れないものを持っているのに気づいた。お尻拭きシートとペットボトルだ。

「潘さん、そのペットボトル何ですか？」

「ああ、これ？　これは陰部を洗浄するのに使うの。あたし達は陰洗《いんせん》ボトルって呼んでるけど」

「ペットボトルでどうやって洗うんですか？」

「ほら、蓋のところに細かく穴が開いてるでしょ。この状態で中にぬるめのお湯を入れて、ペットボトルに蓋した状態で流すの。そしたら穴のところからお湯が出てシャワーみたいになるから、それで陰部に付いた便を洗い流すんだよ」

「ああ、そういうことですか。何でも使えるもんなんですね」

「うん。まぁ施設によっては、専用の陰洗ボトル使ってるとこもあるけどね。要はシャワー代わりになればいいわけだから」

「ふうん。で、そっちのシートはどうするんですか？」

「陰洗した後に水気を拭き取るのに使うの。実際にやってみるから見てて」

手早く新聞紙とパッドを広げた後、お尻拭きシートをベッドの足側に置き、ペットボトルに五分の一くらいお湯を入れて蓋をする。そこまで準備すると、潘さんはベッドを上げつつ金田さんに声をかけた。

「金田さん、お通じあってよかったですね。すぐ綺麗にしますからね」

「あい」

金田さんが歯のない口で答える。パッドが汚れて気持ち悪いのか、顔が少し険しい。

潘さんが金田さんのズボンを下ろし、オムツのテープを外すのを俺は固唾を呑んで見守った。見たくないが見ないわけにもいかない。潘さんがオムツを手前に倒すと、茶色いどろりとした物体がビッグパッドに付いているのが見えた。

「うっ……」

思わず顔をしかめて声を漏らす。咄嗟に鼻を摘まもうとして潘さんに睨まれた。

「まずは陰部からね。陰洗ボトルを使って股の間に付いてる便を流していくの。水がオムツやシーツに零《こぼ》れないように必ず下にパッドを敷くこと。便の量が少ない場合は元々当ててたパッドの上で陰洗すればいいけど、量が多い場合は流すとパッドの汚れが広がるから、その場合は新しいパッド当ててから陰洗して。見えてるとこだけじゃなくて、股の皺の間にも便付いてることあるから、流しながら指で拭うようにして」

潘さんが左手に陰洗ボトルを持ち、「お湯流しますよ」と金田さんに声をかけてから陰洗をする。女性同士とはいえ、躊躇なく股の間に指を突っ込んでいく姿を見て正直「うわあ……」と思ってしまった。

「綺麗になったらお尻拭きで水気を拭いていくんだけど、強くこすったら皮膚が剝がれるから、拭くっていうより軽く叩くくらいに加減して。で、陰部が終わったら奥側に体交して、今度は臀部《でんぶ》を洗っていく。さっきと同じようにビッグパッドで水を受けて、肛門の周りまで洗い残しがないようにね」

金田さんの身体を奥側に倒し、水を流しながら肛門周りを指で拭っていく。茶色い物体でまみれていたお尻がみるみる綺麗になっていった。

「……こんなもんかな。金田さん、もうすぐ終わりますからね」

臀部をお尻拭きで拭きながら潘さんが金田さんに声をかける。綺麗になって気持ちいいのか、金田さんがさっきよりも優しい顔になって「あいあとう」と言った。

「そうそう、言い忘れたけど、便の介助するときは手袋二重にしてよ。便付いた手袋であちこち触ったら汚いから」

「わかりました」

二重どころか三重にも四重にもしたいけどな、と思いながら頷く。しっかりガードしておかないと自分の手まで臭くなりそうだ。

「後は他の人と一緒。ビッグパッドの位置ずれてないか確認して、それからテープ留めてズボン上げる。後やる？」

「……いや、いいです。まだ他の人も交換するんですよね？」

「あと村上さんと益川さんがいるけど、ちょっと時間押してるから午前中はここまででいいや。やり方は前本さんと一緒で男巻きするだけだし」

「わかりました」

やっとこの汚い作業から解放されると思って俺は心からほっとした。が、すぐに午後にも巡回があることを思い出してげんなりした。

その後、片づけを終えて居室を出ると十時五十五分を回っていた。四人回っただけで五十分以上かかっていたらしい。

「十時五十五分か……。もう昼の誘導入らないとね」

談話室にある時計を見ながら潘さんが言った。水補をしていた頃は時間が過ぎるのを異様に遅く感じていたのに、今日はあっという間だった。談話室を見ると、遅出で来た松井さんが早くもお茶の準備をしている。

「本当は誘導までに全員の排泄終わらせるのがベストなんだけど、ズボンとかシーツまで汚れてるとそれも替えなきゃいけないからどうしても時間かかって、誘導に間に合わない場合もあるの。その場合は誘導する職員に排泄もしてもらうようにしてる。オムツが汚れたままじゃ気持ち悪くてご飯食べられないからね」

「でも、一時間で全員分の交換するのって大変ですよね。さっき菊池さんの介助したときも十五分くらいかかりましたし……」

「まぁ慣れないうちはしょうがないよ。最初はゆっくりでいいから教えたこと守ることの方を意識して。速さは数こなしてれば勝手に身につくから」

「はい……」

できれば二度とやりたくないのに数をこなせと言われてうんざりする。これなら延々水補と食介をやっていた方が百倍マシだった。

「益川さんと村上さんは談話室にいるから、一旦部屋戻ってもらって交換してくるわ。大石君は残りの人誘導しといて」

「わかりました」

ようやく潘さんからも解放されると安堵し、俺は足早に他の人の居室に向かおうとした。そこで潘さんが思い出したように呼び止めてきた。

「あ、そうだ。金田さんが排便あったってナースに言っといてくれる?」

「ナースに? 何でですか?」

「下剤、抜いてもらわないといけないでしょ?」

「あ、そっか。じゃ、ピッチで連絡しときます」

「うん、よろしく」

潘さんと別れた俺はジャージのポケットからPHSを取り出した。これは施設内の連絡に使う小型の携帯電話で、俺達は普段ピッチと呼んでいる。ナース用に一台、事務所用に一台あり、ヘルパーは基本動き回っているため全員が携帯している。ナースが二名とも出勤している場合はどちらか一人がピッチを持つ。ナースは薬の準備などで事務所にいることが多いため、一台あれば足りるらしい。

ピッチの裏にはナースの短縮番号がテプラで貼ってある。二回コールすると応答があった。

『はい、野島です』

「あ、野島さん。大石です。金田さんが排便ありました」

『お、そうなんだ。じゃあ昼の下剤抜いとくね』

「お願いします」

さっきまで潘さんと一緒にいた反動か、野島さんの声を聞いていると少しほっとした。もう少し話したいと思っていると、野島さんの方から話を続けてくれた。

『大石君がかけてくるのって珍しいね。もしかして排泄介助やったの？』

「そうなんです。今日初めてやったんですけど、最初は潘さんがやってるとこ見せてもらって、その後自分でやりました」

『そっか、よかったじゃん。新しい仕事教えてもらえて』

野島さんの声の調子が一段高くなる。自分のことのように喜んでくれているのが伝わり、俺も少しだけ気持ちが上がった。

『どう？　排泄介助はやれそう？』

「うーん、どうでしょう。正直嫌だって気持ちはありますけど」

『最初は誰でもそうだと思うよ。僕もそうだったし』

「え、野島さんもですか？」

『うん。病院じゃナースが排泄介助やるからね。あのときは大変だったなー。嫌がって暴れる人も多くて、パッド替えてる途中でしょっちゅう引《ひ》っ掻《か》かれてさ。後は便付いたパッド振り回されて、自分の靴に便付いたこともあったな。買ったばっかだったからさすがにショックだったよ』

　俺よりも数倍壮絶な経験を聞かされて絶句する。ドン引きする内容を何でもない思い出話のように話すなんて、この人は悟りを開いているんじゃないかと勘ぐりたくなる。

『まぁ、やってくうちに慣れてくから心配しなくていいよ。じゃ、切るね』

「あ……はい」

　当惑を拭えないまま電話が切られる。しばらく廊下で放心していたが、後ろから「大石くーん、誘導はー!?」という潘さんの声が飛んできたので慌てて誘導に行った。

　その後、いつもと変わらない時間を過ごして十三時から休憩に入った。慣れない仕事をしたせいでクタクタだ。そして食欲はない。

「大石君、なんか疲れてるね。午前中そんなに大変だったの？」

珍しく休憩が一緒になった美南ちゃんが心配そうに尋ねてきた。時間が遅いからか、休憩室には二人だけだ。せっかくの機会なのに話題を盛り上げる気力もない。

「うん……実は初めて排泄介助して。なんかいろいろ疲れて」

「そうなんだ。私も先週から始めたけど、確かに難しいよね。どうしても先輩みたいに上手くパッド当てられなくて」

いや、疲れたのは技術的な理由じゃなくて、むしろ精神的な理由なんだけど。返事をしようとしたところで、俺はふとあることに気づいた。

「あの……排泄介助ってさ、やっぱり男性の分もするの？」

「うん。三階は男性の利用者さんの方が多いから。どうして？」

美南ちゃんが純粋な好奇心を持った目で尋ねてくる。俺は訊いて大丈夫かなと思いながらも、どうしても気になったので質問することにした。

「その……ほら、相手が男の人だと、どうしても性器を見るわけじゃん？　そういうの、嫌じゃないのかなって……」

しどろもどろになりながら尋ねる。別に変な意味で聞いたわけではないのだが、もしかしたらセクハラみたいに思われたかもしれない。美南ちゃんは一瞬きょとんとした後、「ああ……」と納得した顔になって顔を赤らめた。

「うーん……もちろん恥ずかしいとは思うけど、そういうお仕事だからしょうがないよ」

「確かに仕事だけどさ、そんな簡単に割り切れるもん？」

「割り切れてるわけじゃないけど……入る前からわかってたことだから」

「俺だってわかってて入ったけど、実際やるとやっぱり嫌じゃない？　臭いとかもあるしさ」

「まぁ、もちろん綺麗な仕事じゃないけど、終わった後で利用者さんのすっきりした顔見られるのは嬉しいよ。みんな『ありがとう』って言ってくれるし」

ああ、この子はこういう考え方ができる子なんだ。自分が嫌だとか恥ずかしいとか思うより、人を喜ばせたいという気持ちが先に来る。俺とは全然器の大きさが違う。

「そういえば、美南ちゃんは仕事終わった後とかどうしてるの？」

飯を食いながら排泄の話を続けるのも嫌だったので俺は話題を変えた。いつもは十分ほどで食べ終わるのに、今日は全然箸が進まない。何で今日に限ってカレーなんて買ってしまったんだろう。

「んー、だいたいまっすぐ帰るけど、たまに友達と会うときもあるよ。昨日も大学の友達とご飯行って」

「そうなの？　俺も昨日高校の友達と飲み会だったんだよ」

野島さんも飲み会だったらしいしすごい偶然だ。金曜日だったから世間の人とも予定を合わせやすかったんだろうか。

「そうなんだ。友達は何のお仕事してるの?」

「銀行員と公務員と商社マン。エリートばっかだよ」

「へえ、すごいね。じゃあ福祉の仕事してるのは大石君だけ?」

「うん。だからみんなから不思議がられるよ。何で介護してるんだって」

介護「なんか」と言いかけたところを辛うじて堪える。美南ちゃんの前でヘルパーをディスったら間違いなく嫌われる。

「実際、大石君はどうして介護のお仕事しようと思ったの?」

「どうしてって……」

ここはどう答えるのが正解なんだろう。「人の役に立ちたくて」なんて心にもないことは言いたくないけど、だからって「他が受からなかったから」と正直に答えてしまうのもポイントが下がる気がする。俺はかなり考えてから答えた。

「ほら……介護職が人手不足ってのはニュースでよく聞いてたから、人が足りないなら自分がやってみようって思ったんだ」

つまり、「介護なら受かるだろう」という打算的な目的があったということだ。あえて曖昧な言い方をしてみたが、美南ちゃんは肯定的に解釈してくれた。

「そっか。すごいね。そうやって困ってる人の役に立とうとするのって。大石君みたいな若い男の人って貴重だから、みんな助かってると思う」

「そうかなぁ。俺、ほとんどまだ何もできてないけど」

「そんなことないよ。今日だって新しいお仕事教えてもらったんでしょ？　みんな大石君に期待してるんだよ」

「……そうかな」

「絶対そうだよ。だから一緒に頑張ろう？」

小首を傾げながら笑いかけられ、「実は半年で辞めるつもりなんだ」なんて言えるはずもない。俺は気まずい思いをしながら頷いた。

「あ、もうこんな時間。私そろそろ行かないと」

美南ちゃんが壁の時計を見ながらお弁当箱を片づける。時計は十三時五十分を回っていた。同じタイミングで休憩に入ったのだが、また少し早く戻るつもりらしい。

「私、今日レクの担当なんだ。レク考えるのって大変だけど楽しいよね！　利用者さんが楽しそうにしてるの見てるとこっちまで嬉しくなっちゃう」

「あ……うん、そうだね」

眩《まぶ》しいほどの笑顔で言う美南ちゃんを見つめながら、この子はどこまで純真なんだろうと俺は考えた。愚痴なんか一つも零さないで、常に利用者さんのことを考えて、心からこの仕事を好きでいるように見える。白衣の天使ならぬピンクの天使。常に後ろ向きで不満を募らせている俺とは大違いだ。

「じゃ、またね大石君。午後からも頑張ってね！」

美南ちゃんが手を振りながら休憩室を出て行く。俺もそろそろ戻る用意をしないといけないが、カレーはやはり半分も減っていなかった。

（……あの流れで飯誘いたかったけど、やっぱ俺じゃ合わないよな）

一人になった休憩室で、俺は食う気になれないカレーをただただ見つめた。

結局カレーは残してゴミ箱に捨て、十四時ちょうどに詰め所に戻った。詰め所では井上君が待っていた。俺が巡回に同行することは潘さんから聞いていたらしい。

「パッド交換のやり方は潘さんから教えてもらったんすよね？　じゃあ今回はお願いしていいっすか？　俺後ろで見てますんで」

俺の顔を見るなり井上君が言ったが、今日はもう誰のオムツも替えたくない。俺は何とか言い訳を考えようとした。

「あ……いや、できたら今回も見させてほしいな。潘さん以外の人のやり方も見た方がいいと思うし、あとトイレ介助の人は全然見てないし」

「あー、そっすか。了解っす」

井上君が露骨に残念そうな顔になる。あわよくば俺に汚れ仕事を押しつけようとしていたのかもしれない。ささやかな抵抗が成功して俺はほっとした。

「午前中は誰の見たんすか？」

「三島さん、前本さん、大野さん、金田さん。大野さんは自分でやったよ」

「じゃ、パッド組で見てないのは益川さん、村上さん、菊池さんっすね。後トイレ組が山根さんと岡部さんか。談話室の人は後でいいんで先に居室の方行きましょっか」

いつもどおり談話室に残されている菊池さん、益川さん、山根さん、村上さんの四人を見ながら井上君が言った。俺は頷き、二人して一番手前にある岡部さんの居室に向かった。

「どうもー、巡回っすー。元気っすかー」

全く心がこもっていない調子で井上君が声をかける。おざなり具合は俺といい勝負だ。

「ああご苦労さま、おかげさんで変わりのうやっとるよ」

ベッドに寝転んでいるおばあちゃん、岡部さんがにこやかに笑って言う。岡部さんは軽度の認知症があり、足が悪いので普段は車椅子を使っている。トイレに行くのもヘルパーの介助が必要だ。

「トイレ行っとくっすか？」

「うーん、別に行きたくないけどねぇ」

「でも後で行きたくなったら困るっすから、行くだけ行っときましょ」

「そうかい？　じゃあ行っとこうかねぇ」

岡部さんが頷いて身体を起こし、その間に井上君がベッドの横に差し込まれた柵を抜く。

これは転落防止用の柵で、利用者さんが一人のときにベッドから落ちないように設置するものだ。ただし柵を設置するのは利用者さんの自由を奪うので身体拘束に当たり、一定の要件を満たさないと認められないらしい。要件というのは、切迫性、非代替性、一時性。つまり利用者さんにとって危険があって、他に危険を防ぐ方法がなくて、一時的なものであれば身体拘束が例外的に認められるというわけだ。

岡部さんの場合、自宅にいたときも何度もベッドから落ちたことがあるらしく、家族さんも身体拘束に同意してくれたので柵を設置している。そういう事情を理解してはいても、こうして柵に囲われて身動きが取れずにいるのを見ると、檻の中に閉じ込められているようで憐れになる。

井上君がベッドの高さを調整し、岡部さんを車椅子に移乗してからトイレの前まで誘導する。トイレの引き戸を開けて車椅子を中に入れたところで、俺がいたことを思い出したらしく説明を始めた。

「西村さんのトイレ介助はしてるんすよね？　基本はそれと同じっす。手すり持ってもらって立ってる間に車椅子抜いて、その間にズボンとリハパン下ろして座らせて。ただ、岡部さんは立位《りつい》不安定なんで、下ろすのもちゃちゃっとやってください」

「わかった」

立位というのは、まっすぐ立ったときの姿勢のことだ。西村さんのように足腰がしっかりした人だと、手すりを持っていれば長時間立位を保っていられるが、そうでない人はすぐに力が抜けて尻餅をついてしまう。立位が不安定な人はその分転倒しやすいので、トイレ介助のときにはより手早い動きが求められるのだろう。

「つーわけで岡部さん、手すり持って立ってくださーい」

井上君が声をかける。岡部さんは「はぁい」と言ってトイレの手すりを持って立ち上がり、その間に井上君が車椅子を抜く。岡部さんはお尻を突き出して不安定な体勢になったが、井上君が素早くズボンとリハパンを下ろしたのですぐに便器に座れた。

「後は普通にトイレしてもらうだけです。あ、でも岡部さんはリハパンの中に小っさいパッド入れてるんで、そっちも濡れてないか確認しといてください」

「わかった」

「今はパッドは大丈夫そうっすね。じゃ、俺は外で待ってますんで」

「はいはい。いつも悪いねぇ」

岡部さんが申し訳なさそうに言って眉を下げる。井上君はトイレから出て引き戸を閉めた。

「後は終わったら呼んでくれるんで、さっきの逆でリハパンとズボン上げてベッドに戻すだけです。別に難しくないっしょ？」

「そうだね。転倒さえ気をつけたら大丈夫そうだ」

「でもトイレ介助って結構面倒なんすよね。いちいち移乗しないといけないし。テープ留めにしてくれた方がこっちとしては楽なんすけど」

「まぁそうかもね。時間なかったら焦ってうっかり転倒させそうだし」

「そうなんすよ。パッド交換ならそんな心配もないし、ちゃちゃっと終われるからやる側としては断然楽なんすけどねー」

井上君がいかにも面倒くさそうにぼやく。確かに、どうせ汚い仕事をするなら早く終わらせたいというのはわかる。でもどうしてだろう。何となく、手放しで井上君の意見に賛成する気にはなれなかった。

「すみませぇん。終わりましたぁ」

トイレの中から岡部さんの声が聞こえ、井上君が「うぃーっす」と言いながらトイレの引き戸を開ける。岡部さんはにこにこしながら便器に座っていた。

「帰りは大石さんやってみてくださいよ。何事も練習っすから」

「う、うん。わかった」

自分がやりたくないだけじゃないのかと思いながら俺は頷く。急いで手袋を装着し、車椅子をトイレの中に持ってきて、手すりの前に付けたところでブレーキがかかっているかを確認する。それだけのことをしてから俺は岡部さんに声をかけた。

「じゃ、岡部さんお願いします。慣れてないので時間かかるかもしれないですけど、頑張って立ってくださいね」

「はいはい、お願いねぇ」

岡部さんがにこやかに言って手すりを持ち、俺が「せーの！」と声をかけると両手で手すりを持って立ち上がった。井上君がしたように素早くリハパンを上げようとするが、膝に引っかかってしまって思ったほどスムーズに上がらない。そのうち岡部さんの腰がどんどん下がってきて焦ってますます手が滑る。

「あー、これはダメっすね。どいてください」

井上君が俺を押しのけるようにしてトイレに入ってくる。勢いよくリハパンとズボンを上げ、岡部さんの膝の後ろに車椅子を付ける。岡部さんは倒れ込むように車椅子に腰を落とした。

「危なかったっすね。後五秒遅かったらインシなってたっすよ」

「はぁ……ごめん」

平然と言ってのける井上君に俺は内心イラッとした。インシデントになるような危険なことを新米の俺にさせるなっての。俺だって別に利用者さんへの思いやりなんてないが、インシデントになったら怒られることくらいわかるだろ。主に潘さんとか潘さんとか潘さんとか。

「……すいません岡部さん、怖かったですよね」

内心では悪態をつきながらも、一応岡部さんには謝っておく。後で態度が悪かったとかクレームを言われてもそれはそれで面倒だ。

「ううん、いいのいいの。こっちこそ手間かけてごめんねぇ」

岡部さんが眉を下げて片手を振る。何でこの人が謝るんだろう。もしかしてさっきの井上君との会話が聞こえていたんだろうか。

疑問に思いながらも深追いはせず、車椅子をベッドの方まで動かし、安全に注意して岡部さんをベッドに移乗した。それからベッドを一番下まで下ろし、忘れずに柵を差してから井上君と一緒に居室を出る。その後、井上君が他の利用者さんのパッド交換をするのを見ながらも、俺は何となく煮え切らない気持ちでいた。

「あのさ、井上君はどうしてヘルパーになろうと思ったの？」

金田さんの排泄介助を終え、廊下に出たところで俺は井上君に尋ねた。井上君は明らかに介護の仕事にやる気がなさそうに見える。どういう理由でこの仕事を選んだのか前から不思議だったのだが、当の井上君はあっさりと言った。

「どうしてって、他に仕事なかったからっすよ。俺、中卒だからあんま選べる仕事なかったんすけど、外で働くのは嫌だから介護にしたんす」

「そうなんだ。じゃあ好きでこの仕事してるわけじゃないんだ？」

「当たり前っすよ。ぼけた年寄りの世話なんて誰もやりたくないっす」

井上君が冷淡に言ってのける。確かに井上君の介助は潘さんに比べると雑で、ただ速さを追求しているだけという感じだった。好きでしているわけではないからこそ、さっきの岡部さんみたいに利用者さんの扱いもぞんざいになるのだろう。俺も心境的には井上君に近いはずだが、なぜか少しだけ、もやもやするものを感じていた。

「大石さんは何でこの仕事してんすか？　年寄り好きなんすか？」

「いや、別に好きじゃないけど、他が受からなかったからしょうがないんだ」

「そうなんすか？　でも大石さん大卒っすよね？　大卒ならもっと普通の会社入れたでしょ」

「いや、そうでもないよ。大卒だからって、全員が全員スーツ着て仕事するわけじゃない。俺みたいに大卒でヘルパーやってる人も何人かいるよ」

ただしこれはあくまでネット情報だ。テル達を始めとした大卒の友人は、みんなスーツを着てオフィスに通勤するいわゆるホワイトカラーの仕事をしていて、肉体労働をしているのは俺一人だ。そのことを意識すると自分が周りより劣っているように思えて、何とか仲間を見つけようと必死にネットで探した。そしたら就活で連敗した人や、公務員試験に落ちた人が同じように介護の仕事に就いたという情報を見つけ、自分一人じゃなかったと思えて安心した。でもよくよく考えたら、その人達はみんな失敗した側、いわゆる『負け組』の人達で、そんな人にしか選ばれない仕事だということに気づいてからは余計に惨めさが募っていった。

「ふーん……。でも割に合わないっすね。大卒で介護なんて」

井上君がなおも言う。自分から話題を振っておきながら俺はだんだん息苦しくなってきた。精一杯何気ない調子を装って言葉を続ける。

「そうかな。普通の会社員だって全員が大学の知識を使うわけじゃないから、やってることはあんまり変わらないと思うけど」

「でも介護なんて誰でもできる仕事じゃないっすか。給料も低いし、大学出てまでやる仕事じゃないと思うんすけど」

「好きでやってる人も中にはいると思うよ。三階のみ……鮎川さんとかさ」

「あの人は福祉系卒でしょ？　最初から福祉の仕事したいって思ってたんなら、ヘルパーになった理由も一応わかりますよ。でも大石さんはそうじゃないし、わざわざ条件悪い仕事選ぶ意味がわからないっす」

「だからそれは……」

いい加減怒鳴りつけたくなるのを拳を握って堪える。わかってる。俺だって好きでこんな仕事をしてるわけじゃない。本当はスーツを着て革靴を履いて、オフィスを颯爽と歩くカッコいい仕事がしたかった。こんなダサいポロシャツを着て、年寄りの下の世話なんてしたかったわけじゃない。

でも仕方ないじゃないか。俺は負け組なんだから。

「ま、でも俺からしたら、大石さんには続けてほしいっすけどね」

井上君が急に深掘りするのを止めて言った。毒気を抜かれた俺はきょとんとして井上君を見た。

「え、続けてほしいって……何で？」

「そりゃまー貴重な男の労働力っすから。男だとどうしても力仕事任されますけど、大石さんがいてくれたらそっちにも仕事回りますし、何かと都合がいいんすよね」

「あ、そ、そう……」

明け透けに言われて俺は拍子抜けした。まさか井上君が俺に期待してるなんて言うはずがないと思ったが、それにしても遠慮のない奴だ。

「後はそうっすね。大石さんがいてくれた方が、俺が辞めやすいってのもありますね」

「え、井上君仕事辞めるの？」

予想外の言葉を聞かされて驚きを隠せない。俺以外にも退職予備軍がいたなんて全然気づかなかった。井上君は頷くと、思いっきり顔をしかめて言った。

「正直入ったときから辞めたかったんすよね。キツいし汚いし給料安いしマジ３Ｋで。他にできる仕事ないからしょうがなく続けてますけど」

「まぁそうだよな……。で、いつ辞めるつもりなの？」

「時期は決まってないっすけど、もっと割のいい仕事見つかったらすぐ辞めます。こんな底辺の仕事続ける意味ないと思ってるんで」

底辺。はっきり口にされたその言葉に心臓を一突きされた気分になる。そうか。俺は働いている当人からも底辺と思われる仕事をしているのか。だから昨日の合コンでも散々な扱いを受けたんだ。

底辺というワードによって、この仕事の社会的地位の低さを正面から突きつけられる。俺は改めて、自分が『負け組』である事実を思い知らされた気がした。

その後、居室を一通り回り、全員のパッド交換を終えたところで俺と井上君は談話室に戻った。菊池さんは今日も家族さんが面会に来ていて、そのときはパッド交換には入らないことになっている。だから談話室にいる山根さん、益川さん、村上さんの介助をすれば終了だ。時間は十四時四十分。すでにレクの誘導が始まっているが、潘さんと松井さんのベテランコンビなら任せておいて大丈夫だろう。

俺が談話室にいる利用者さんを見ていると、井上君が出し抜けに言った。

「大石さん、こっから手分けしません？」

「手分け？」

「はい。もう何回も見たし、後は一人でも行けるっしょ」

「いや、行けるっしょって……。俺、今日排泄始めたばっかなんだけど」

「残ってるの男ばっかですし、ちゃちゃっと男巻きすれば大丈夫っすよ」

「いや、でも……」

俺はなおも渋っていたが、井上君は返事を聞かずに益川さんの誘導に行ってしまった。

残るは山根さんと村上さん。山根さんはトイレ誘導だったはずだが、岡部さんのことがあるのでいきなり一人で行くのは怖い。

迷った末、俺は村上さんのパッド交換をすることにした。テレビの前に陣取っている車椅子の方に近づき、恐る恐る声をかける。

「村上さんこんにちは。オムツ替えに一回部屋戻りましょか」

「いらん」

例によって村上さんが一蹴する。テレビから視線を外そうともしない。俺は早くも諦めたくなったが、何とか堪えて言った。

「オムツ濡れてたら気持ち悪いでしょ？　すぐ終わるから行きましょ」

「いらん言うとるじゃろ！」

せっかく勇気を振り絞ったのに、やはり例によって怒号を飛ばされる。どうしたものかとうろたえていると、見守りで残っていたらしい松井さんが大声で言った。

「村上さーん！　ちゃんと言うこと聞かないかんよー！　今替えてもらわんかったらご飯

までこのままよー！」

松井さんの大声を聞いて村上さんが口を噤《つぐ》む。もし俺が同じことを言ったら村上さんは激怒しそうだが、松井さんは口調が冗談っぽいせいか村上さんも怒鳴り返すことはしなかった。さすが肝っ玉母さんキャラの松井さん。この圧倒的パワーにはさすがの村上さんも逆らえないらしい。

「……すいません松井さん、ありがとうございます。俺一人じゃ収拾つかなくなるところでした」

詰め所の近くにいる松井さんの方まで行って俺は頭を下げた。テレビの前にいる村上さんに話の内容は聞こえていないはずだ。

「いいよ。あの人は難しいからね。でも一人で排泄介助行ける？　潘ちゃんからは井上君が一緒って聞いてたけど」

「さっきまで一緒だったんですけど、見学は十分したからって言われて手分けすることになったんです」

「そうなの？　トイレ誘導とか慣れてないと危ないけど……」

「はい。だから山根さんは止めときます。パッド交換なら、ベッド下げるのだけ忘れなかったら事故しないと思いますし」

「そう？　じゃあお願いするけど、なんか困ったことあったらすぐ呼びよ。潘ちゃんもすぐ戻ってくると思うから」

「わかりました。ありがとうございます」

松井さんの温かな言葉に少しだけ気持ちが軽くなる。村上さんの様子を窺うと、不満げに下唇を突き出していたが怒鳴り声までは上げなかった。テレビの方まで近づき、声をかけてから車椅子を押し、おっかなびっくり居室に向かう。途中で益川さんの車椅子を押して何食わぬ顔で戻ってくる井上君とすれ違った。益川さんは大人しく車椅子に座っている。絶対人選んだだろと思いながら恨めしげな視線を送るが、井上君は気づかない振りをしている。

「じゃ、村上さんベッド移りますよー。僕の身体持ってくださーい」

居室に入って車椅子をベッドに横づけし、高さを座面に合わせてから村上さんに声をかける。また怒鳴られるかと思ったが、村上さんは何も言わずに背中に手を回してくれた。ベッドまでの動線を確認し、横にスライドさせるように身体を動かす。大柄なだけあってずっしりと重みが伝わってきたが、何とか無事にベッドに移すことに成功した。

「えーと、男巻きだから用意するのは小パッドだけでいいんだよな。あ、でも便出てるかもしれないから、ビッグパッドとお尻拭きも用意しといた方がいいのか？」

潘さんに言われたことを思い出しながらトイレに向かう。パッドを探している最中にベッドを上げたままであることに気づき、急いでベッドに戻ったが幸い村上さんは動いていなかった。危ない危ない。潘さんに見られたらインシデントだと言ってまた怒られるところだった。

（えーと、体交してズボン下ろして、それからテープ外して小パッド替えて……よし）

脳内で手順を反芻《はんすう》しながら手袋をはめる。ベッドに移動すると村上さんは大人しくなり、暴れることもなくズボンを下ろさせてくれた。恐る恐るオムツを広げて中を確認する。幸い便は出ていないようだ。

（よかった。おしっこだけだ……。これなら男巻きだけすればいいな）

尿の溜まった小パッドを取り外して新聞紙の上に捨てる。まずは手前を畳んで次に左右を斜め内側に畳む、と手順を確認したところでビッグパッドが少し汚れていることに気づいた。量が多くて漏れたんだろうか。交換するべきか迷ったが、放置しているのを知られて怒られるのも嫌だったので一緒に替えることにした。

（えーと、奥に体交してビッグパッド入れて、それから反対に体交してパッドの位置直して……）

午前中にやったことを思い出しながら村上さんの身体を横向きにする。だがその瞬間、剝《ひ》き出しになったままの陰部から勢いよく尿が噴出した。

「うわっ！」

慌てて小パッドを当てるが時すでに遅し。尿はズボンやラバーシーツにまで飛び散って大きな染みを作ってしまっていた。

（やっちまった……。こんだけ染み広かったら拭いてもごまかせないよな……。ってことは全更衣？　ズボンもラバーも替えて？　うわ、最悪……）

心の中で盛大に舌打ちをしながらベッド上の惨状を見つめる。ようやく終わりが見えてきたと思ったらこの始末。本当に今日はろくなことがない。でもこの惨状を放置したらもっと大変なことになるのは目に見えていたので、諦めて交換するしかないだろう。オムツを当て、ズボンを替え、ラバーシーツを替え、それだけの作業をするのにいったいどれだけ時間がかかるのだろう。考えるだけで憂鬱になる。

俺はため息をつきたくなったが、そこでベッドの上から声がした。

「……すまん」

あんまり小さい声だったので、俺は最初、それが誰のものかわからなかった。でもこの部屋には二人しかいなくて、俺が何も言っていない以上、声の主は一人しかいない。

確かめるように視線を上げれば、ベッドの上で天井を睨みつけている村上さんの姿が目に入った。元々むっつりとした顔をさらに険しくして、両方の拳を固く握りしめている。その両手はぶるぶる震えていた。最初は俺への怒りを我慢しているのかと思ったが、普段の村上さんは我慢なんてしない。気に入らないことは即刻「いらん」と言って撥《は》ねつけ、それでも何か言おうものなら怒鳴りつけてくるのが村上さんなのだ。なのに今の村上さんは怒鳴るどころか謝ってきた。ミスをしたのは俺の方なのに、だ。

どうして村上さんの態度が普段と変わったのか、俺は最初わからなかった。自分の服やシーツを汚され、「何しとんじゃボケ!」くらいのことは言ってもおかしくないのに、今の村上さんは口を開こうともせず、むしろ何かが飛び出すのを止めようとしているみたいに固く唇を引き結んでいる。

それを見ながら俺はふと思った。もしかすると村上さんは、怒ってるんじゃなくて恥ずかしいんじゃないだろうか。

自分が一人でトイレに行けなくなった状態を想像してみる。大の大人がベッドに寝かされ、赤ちゃんみたいにおしめをして、一番見られたくない部分を人に見られる。自分がそんな風にされているのを想像するだけで恥ずかしい。そのうえズボンやシーツにまでお漏らしをしてしまうなんて、恥ずかしいを通り越していっそ屈辱だ。

村上さんも同じ気持ちなんだろうか。自分がトイレに行けないことで赤ちゃんみたいに人に世話をされて、しかもお漏らしして迷惑をかけてしまった。だからいつものように怒鳴る気にもなれずに謝ってきた。恥ずかしさを隠そうとして、だけど申し訳なく思っていることは伝えたくて、小声で、一言だけ。

いろいろな考えが頭に浮かんでは消えていったが、このままぼーっと考えていてもどうにもならない。それでも何か言わないといけない気がして、俺も一言だけ言った。

「……こっちこそすいません。すぐ替えますね」

村上さんは無言で頷く。その視線を受け止めるのが怖くて、俺は村上さんと目を合わせないまま、替えのズボンとラバーを取り出そうと箪笥に向かった。

その後、ラバーとズボンを新しいものに替え、濡れたオムツやパッドも全部交換していると三十分近く経っていた。思いがけず重労働をしたことで汗だくになり、風呂に入った後のように髪が額に張りついている。どうせ誰も見てないからいいやと思いながら村上さんを連れて談話室に戻った。レクはとっくに始まっており、松井さんがホワイトボードに難しい漢字を書き、その読み方を利用者さんが答えていた。漢字クイズのようだ。

「ああ大石君、お疲れさま。遅かったけど大丈夫だった？」

詰め所でおやつの準備をしている潘さんが声をかけてきた。井上君の姿はない。

「あ、はい。パッド交換してる間に失禁しちゃって。ズボンとラバー替えてたら時間かかっちゃいました。遅くなってすいません」

「そっか。大変だったね。井上君はどうしたの？」

「途中までは一緒だったんですけど、談話室にいる人の排泄するとこで手分けすることになって別れました。こっちには戻ってないんですか？」

「うん。だから大石君と一緒に介助入ってると思ってたんだけど、またどっかでサボってんのかな。経過表も抜けてるし、後で注意しとかないと」

潘さんがしかめっ面でコーヒーにとろみ剤を混ぜ合わせる。井上君がサボるのは今に始まったことではないらしい。

「それで、どうだった？　一日排泄介助やってみて」

「そうですね……。思った以上に大変でした。ただ交換するだけじゃなくて、いろいろ注意するとこがあって」

「そうでしょ。オムツ交換くらい誰でもできるって思われがちだけど、実際は尿漏れしないようにとか、褥瘡できないようにとか、いろんなこと気をつけながら替えてるの。尿漏れしたらこっちが大変なのはもちろんだけど、利用者さんだって負担だから」

「そうですよね……。その分人に見られる時間も長くなるんですもんね……」

脱力しつつ村上さんの方を見る。俺がズボンやらパッドやらを交換している間、村上さんは一言も口を挟まなかった。しおらしいのは最初だけで、そのうち調子を取り戻して、「チンタラすんな」とか「使えん奴やの」とか文句を言われることも覚悟していたのだが、そういうことは一度も言ってこなかった。ずっと天井を見つめ、唇をぎゅっと引き結んだままだったのだ。

この人はどうしてしまったんだろうと俺はずっと不思議だったが、交換に必死だったのでそれ以上詮索することはしなかった。だけど普段と様子が違うせいで逆に怖く、いつ怒りが爆発するかと気が気じゃなくて、それで余計に交換に時間がかかってしまった。

それでも村上さんは最後まで怒らなかった。俺が「終わりましたよ」と声をかけたときに一言、「うん」と返しただけだ。それから談話室に戻るまで無言だったので、結局村上さんが何を考えていたのかはわからない。

「介護施設の中にはね、パッドを四重とか五重にもするところもあるの」

ぼんやりしていたところで潘さんの声が聞こえる。俺は慌てて意識を戻して尋ねた。

「四重とか五重？　何でそんなことするんですか？」

「重ねた方が尿の吸収範囲が広がって、漏れにくくなるって考えてるんだと思う。でもそれはやっちゃいけないことなの。オムツなんてただでさえも嵩張《かさば》るのに、何重にも敷かれたらもわもわして気持ち悪いに決まってる。そういう介助はヘルパー側の都合を優先してるだけで、利用者さんのためになってないから」

それはそうだろう。パッドを四枚も五枚も重ねたら気持ち悪いことくらい俺でもわかる。だが潘さんはため息をついて続けた。

「ただそうは言っても、どうしても限られた人員でケアをするから、効率を意識しなきゃいけないときもある。男巻きなんかその典型だね。ペニスにパッドなんか巻いたら蒸れるし、ただれの原因にもなる。本当に利用者さんのためを思うなら男巻きは止めた方がいいけど、その方が早いからって黙認してる。教科書どおりにはいかないのが辛いとこだよね」

潘さんが悩ましげにため息をつく。長くヘルパーを続けている分、いろいろと思うところがあるのだろう。普段は怖いだけの潘さんがそのときは少しだけ違って見え、だからこそ俺も、正直な気持ちを打ち明けようという気になった。

「俺……午前中に見てたときは排泄嫌だとしか思わなかったんですけど、さっき村上さんの介助して、本当に嫌なのは利用者さんの方かもしれないって思いました。誰だって人にオムツなんて替えてもらいたくないけど、そうしなきゃしょうがないから受け入れてるだけなんですよね……」

オムツを替えられるのが赤ちゃんなら、自我が育っていない分、人に見られることの恥ずかしさもないだろう。だけどヘルパーが相手にするのは大人だ。仮に認知症であったとしても、自分が赤ちゃんではないという認識くらいはあるだろう。それが一人ではトイレにも行けず、オムツの中に尿や便を垂れ流し、それを人に替えてもらうなんて恥ずかしいに決まってる。排泄介助で暴れる人がいるというのも、人に大事な部分を見られたくないという恥ずかしさと、自分がそんな状態になってしまった現実を拒絶したい気持ちの表れではないのだろうか。

潘さんは何も言わなかった。とっくにとろみが付いているはずのコーヒーをひたすら混ぜ続けている。

その仏頂面を見て俺は少し心配になった。正直に言い過ぎただろうか。ヘルパーが介助を嫌がるなんて言語道断で、利用者さんのことを考えるのが当然だと怒られるのだろうか？

「……大石君、大事なことわかってるね」

潘さんが不意に呟いた。叱られると思って身構えていた俺は当惑して潘さんを見た。潘さんはコーヒーを混ぜるのを止め、レクに興じる利用者さんを遠い目をして見つめている。

「長くこの仕事やってるとどうしても慣れちゃって、介助が事務的になったり雑になったりするときがある。でも、介護っていうのは本来受ける人のことを考えてするもので、受ける側の気持ちを忘れたら、いくら速く介助ができたってそれは独りよがりなだけ。だから大石君、今言ったこと、これからも絶対忘れないで」

「は……はい」

当惑しながらも俺は頷いた。怒られるとばかり思っていたのが褒められるとは。しかもあの潘さんにだ。身体中が急にむず痒くなってどうしていいかわからない。

「ん……今洗濯室から出てきたの井上君かな。ちょうどいいや。ちょっとシメてくるから大石君おやつお願い」

「あ……、は、はい」

潘さんがコーヒーを置き、大股で洗濯室の方へ歩いていく。真顔でシメてくるとか言って、やっぱりこの人は怖いと思う。

(でも……潘さんは利用者さんのことちゃんと考えてるんだな)

考えてみれば、潘さんの排泄介助は速いながらも一つ一つが丁寧だった。パッドが縒《よ》れないように形を整え、服の皺を伸ばし、指を使って便を綺麗に拭っていた。あのときは引いてしまった行動の数々も、全ては利用者さんへの配慮に裏打ちされたものだったのだと思うと最初とは違って見えてくる。

(……でも、俺はあんな風にはなれない。どうせ半年で辞めるつもりだし、ヘルパーの心

意気なんて覚えてたってしょうがないんだけどな）

井上君ほど雑にはしないが、潘さんが言うような、利用者さんに寄り添う優しいヘルパーなんてものを目指すつもりもない。でも、そんなことを正直に言っても今度こそ怒られるだけだから、とりあえず今までどおり仕事と割り切って続けることにしよう。

俺はそう自分に言い聞かせると、大人しくおやつの準備を始めた。

CARE3　尊厳の保持が私の使命

「はーい、では次は介護の理念について説明します！　介護には三原則と呼ばれる理念があって、一つは生活の継続性、一つは自己決定の尊重、一つは残存能力の活用です。特に残存能力の活用は大事ですね！　できることは自分でやってもらい、あくまでできない部分をお手伝いするのが介護職の仕事です！　そのことを忘れないでくださいね！」

ホワイトボードに三原則を書きながらスーツ姿の女性講師が解説している。その前に並んだテーブルでは、二十人くらいの生徒が板書を写している。俺もペン回しを止めてノートに「残存能力の活用」と書き込んだ。

「介護現場はどこも忙しいのでつい効率を優先してしまいがちですけど、私達の仕事はあくまで利用者さんのためにしているものですからね！　常に利用者さんの尊厳を保持するという意識を忘れないようにしてください！」

女性講師が言い、ホワイトボードの三原則の下に赤字で「尊厳の保持」と書いた。俺の隣に座る美南ちゃんも、テキストの同じ文字にきっちりとマーカーを引いている。

六月の中旬、俺と美南ちゃんは通常業務を離れ、「介護職員初任者研修」の授業を受けていた。これは介護職の一番基礎的な資格で、ホームヘルパー二級という資格の代わりにできたものらしい。座学と実技の両方の科目を合計百三十時間受け、修了評価である筆記試験に合格すれば取れる。アライブ矢根川は無資格でも働けるが、将来的に別の施設に異動する可能性もあるため、新卒の俺達二人は会社の金で資格を取らせてもらっている。授業は週に一回あり、その日は仕事の代わりに一日研修を受ければよく、堂々と介護から離れられるので俺からしたら大歓迎だった。

「ふう……。やっぱり勉強すると覚えることいっぱいあるね。私テスト受かるかな」

休憩時間になったところで、美南ちゃんが息をつきながら言った。施設に行かないので今日は俺も美南ちゃんも私服だ。美南ちゃんはいつもポニーテールにしている髪を下ろしていて、毛先が内巻きになったセミロングのストレートヘアはもろ俺好みだ。リボン付きのブラウスに膝丈のフレアスカートという清楚系ファッションもめちゃくちゃ似合ってる。ポロシャツなんて着なくていいから毎日この服で働いてほしい。

「美南ちゃんなら大丈夫だよ。授業だってちゃんと聞いてるじゃん」

「うーん、座学はまだいいんだけど、実技が心配なんだよね。パッド交換とか上手くできるかな」

「それもいつもやってるんだから大丈夫だよ。排泄もだいぶ慣れたんだろ?」

「うん。でも男巻きって本当はやらない方がいいんだね。毎日やってると感覚麻痺しちゃうけど実際ペニス蒸れるし、さっき言ってた利用者さんの尊厳守れてないもんね」

「う、うん……そうだね」

つい半月前までは男性の排泄介助の話をすると赤面していたのに、今じゃ美南ちゃんも真顔でその単語を口にするようになってしまった。仕事に慣れたのはいいことなんだろうが、美南ちゃんがそのうち潘さんみたいになるのかなと考えると、俺としては少し複雑な気分だった。

「……あーあ、でもテストとかやだな」

俺はテキストをペンでつつきながら言った。「介護職員初任者研修」というタイトルが真ん中にでかでかと書かれたA4サイズの本だ。初任者っていう割に四百ページ近くあるので毎回持ってくるのが重い。

「前のヘルパー二級のときってテストなかったんだろ? 何でわざわざ変えたのかな」

「ヘルパー二級のときにあった実習がなくなって、代わりに筆記試験ができたみたいだね」

美南ちゃんがテキストを捲って確認した。ほとんど書き込みがない俺のテキストとは違い、どのページにも綺麗な字で書き込みがしてある。

「初任者研修は介護職のキャリアパスを明確にするためにできたんだって。次の授業がちょうどそのテーマだね」

「キャリアパスって、五年後十年後どうなりたいかってやつ？」

「そうそう。私はね、介護福祉士を取りたいんだ！　潘さんとか田沼さんとかベテランの人はみんな持ってるし、あれ取ってようやく一人前って気がするから」

「ふーん。でも美南ちゃんって大学福祉系だったよな？　大学通ってるときに資格取らなかったんだ？」

「私が通ってたのは社会福祉学科っていって、社会福祉全般について勉強する学科だったんだ。だから社会福祉士っていう資格は持ってるんだけど、初任者研修とか介護福祉士は持ってないの」

「あ、そうなんだ？　俺、大学のときから介護の勉強してたんだと思ってたんだけど」

「ううん、入学したときは漠然と福祉って考えてただけで、最初から介護って決めてたわけじゃなかったんだ。学部の中には介護に特化した学科もあったんだけどね」

「なんかきっかけとかあったの？　介護の仕事したいって思ったきっかけ」

「実習かなぁ。社会福祉士の資格取るのに受けないといけないんだけど、その中で特別養護老人ホームに行く機会があったんだ。で、そこで実際に介護のお手伝いさせてもらったんだけど、そこで利用者さんがすごく喜んでくれたのが印象に残ってて。そこから介護の仕事に興味持った感じかな」

「そうなんだ。でも偉いよな。大学でも資格取ったのにまた別の資格取ろうとか。俺だったら一個で十分だって思うけど」

「まぁ社会福祉士と一緒で介護福祉士も国家資格だし、しっかり勉強しないといけないから大変だとは思うよ。でもやっぱりちゃんとした知識は身につけておきたくって。目標があった方が仕事も頑張れるしね！」

眩しい笑顔で言う美南ちゃんに俺はくらっとした。本当、何回見ても天使みたいだ。しかも見た目だけじゃなくて性格まで清く正しい。そんな美南ちゃんを見てると、後ろ向きかつ打算的な理由で仕事をしてる自分がものすごく浅ましく思えてくる。

そうこうしているうちに休憩時間が終わった。女性講師が颯爽とヒールを鳴らしてホワイトボードの前に戻ってくる。その様子はバリバリのキャリアウーマンにしか見えないが、この人も昔は介護現場で働いていたと聞いて驚いた。

「はーい！　では次は介護職員のキャリアアップについて説明します！　まず皆さんが今受けている初任者研修！　これは介護職員の登竜門とも呼べる資格ですね！　この資格を取った後は、介護福祉士実務者研修という資格を取るのがお勧めです！　初任者研修を持っている場合、実務者研修の受講時間は三百二十時間です！　初任者研修より長いので大変ですけど、これを修了しないと介護福祉士の受験資格が得られないので、なるべく早く取っておかれるといいですよ！　ちなみに介護福祉士は国家資格で、実務経験三年以上が必要です！　介福《かいふく》を取ってようやくプロのヘルパーとも言えるので、皆さんぜひ介福を目指してくださいね！」

女性講師がはきはきと言って上向きの矢印を書き、その横に下から順に「初任者」「実務者」「介福」と書いていく。横で美南ちゃんが熱心にノートを取っていたが、俺は板書を写す気にはなれなかった。

（……どうせ半年で辞めるんだから、キャリアアップなんて知っても意味ないよな）

元々興味のない授業への意欲がさらに削がれていく。俺にとってこの時間はただ介護の現場から逃れるための意味しか持たない。美南ちゃんと一日一緒にいられるのは嬉しいけど、どうせさっきみたいに介護の話しかしないので関係の進展は見込めない。

俺は小さくため息をつくと、美南ちゃんに見えないようにノートの隅に落書きを始めた。

翌日、早出で出勤した俺は六時四十分くらいにアライブ矢根川に到着した。排泄介助を一通りできるようになったことで今月から早出が始まったのだが、朝五時に起きるのはやはり大変で、前の日には早く眠らなきゃというプレッシャーを感じ、かえって眠れないなんてことがざらにあった。十六時で上がれるのは嬉しいが、帰っても眠すぎて何をする気にもなれず、二十二時くらいには寝るという無駄に健康的な生活を送っていた。これじゃ早出の旨みが全然ないなと思いながらも起きている元気がない。

早出の仕事は朝ケアから始まる。朝ケアは他の時間帯よりもすることが多くて、顔を洗ってもらったり、パジャマから普段着に着替えてもらったりしないといけない。にもかかわらず朝は出勤している職員の数が少ないので、いつも以上に時間に追われることになる。だから早出の職員は六時半くらいに出勤して誘導に加わっていた。勤務開始は七時からなのに、だ。最初に俺がそれを知ったときは、「サービス残業じゃ?」と反発したくなったが、他の人は慣れすぎて何とも思っていないらしい。人手不足の影響はこういうところにも表れているのだろうか。

「はーい、前本さーん、朝ご飯食べましょかー」

前本さんの隣に座って俺は食介をしていた。前本さんは普段は自分で食事をするが、朝は寝起きのせいか手が止まっていることも多い。こういう人は他にもいて、朝はいつも以上に食介をする人が多い。ただし職員が少ない以上、付きっきりで食介をすることはできないので、食介がいる利用者さんを二人並べ、その間に職員が座る配置にする。こうすれば一人が食べている間にもう一人を介助できて効率的だからだ。でも交互に食べさせるなんて本当に動物園の餌やりみたいで、尊厳の保持も何もないよな、と思う。

食介やら服薬やら食後の誘導やらでバタバタしているとあっという間に時間が過ぎ、全員を居室に誘導したときには八時半を回っていた。日勤のナースやらケアマネやらがぽつぽつ出勤してくるのを尻目に、俺はクタクタになりながら休憩室に行って冷蔵庫にしまっていたお茶を飲んだ。これでまだ勤務開始から二時間も経ってないなんて信じられない。

「よう、大石！　おはよう！」

後ろから威勢のいい声が聞こえたので俺はびっくりして振り返った。長身でがっしりとした中年男性が休憩室の入口に立っている。施設長の郷田《ごうだ》敦盛《あつもり》さんだ。ガタイがいい上に顔もいかついので最初見たときはビビったが、話してみると見た目ほど怖い人ではないということが最近になってわかった。

「あ、施設長、おはようございます。すいません、朝食の誘導終わってちょっと水分補給してたとこで」

ペットボトルを置いて頭を下げる。郷田さんは全く気にしていないとでもいうように片手を振った。

「わかってる。別にサボってるなんて思っちゃいねぇよ。今日は早出か？」

「はい。二週間前くらいから始めたんですけど、朝早いのはやっぱり辛いですね」

「大石は家も遠いからな。確か電車通勤だったよな？」

「はい、今日も五時起きで来ました」

「そりゃ大変だな……。おまけに朝は職員も少ないから余計に大変だろうな。俺もなるべく手伝ってやりてえけど、チビの送迎があるとどうしても毎日は来れなくてな」

郷田さんは結婚していてお子さんが二人いる。奥さんも働いているので幼稚園への送迎は交代でしているらしく、送迎がない日は朝八時くらいに来て食介を手伝ってくれる。勤務時間外なのに申し訳ないとは思うが、それで助かっているのも事実だ。

「にしても大石、お前もヘルパーとしてだいぶ様になってきたな」

「え、そうですか？」

「ああ。最初の頃は人に付いて回るばっかりだったが、今じゃ自分で考えて動けるようになっただろ？　でなきゃ早出はできねぇしな」

「うーん、でもまだまだ慣れたとは言えないですけどね。今やってるのだって食介と排泄くらいですし」

「仕事の量の問題じゃねぇんだよ。お前みたいな若い男がいてくれるだけで現場は助かってんだ。俺が若い頃ほどじゃないが、今でもヘルパーの男は少ないからな」

「はぁ……」

そういえばこの人はどうしてヘルパーになったんだろう。介護付有料老人ホームの施設長になるのに特定の資格は必要なく、異業種からなる人もいるらしいが、郷田さんの場合は現場からの叩き上げだ。そう考えると十年くらいはヘルパーを続けてきたんだろうが、途中で辞めたいとか思わなかったんだろうか。

「とにかく、俺はお前には期待してんだ、大石。介護はこれからの時代の仕事だからな。どんどん経験を積んで上を目指してくれよ」

郷田さんがぽんと俺の肩を叩いてから休憩室を出て行く。男気あふれるその言動は頼れる上司そのもので、俺も初めて郷田さんに会ったときは、こんな風にカッコいい施設長になりたいと思っていた。でも、だんだん介護の仕事の実態がわかり、仕事を嫌だと思うことが増えるにつれてそんな殊勝な気持ちもなくなっていった。今では郷田さんが声をかけてくれるたびに逆に申し訳なさが込み上げてくる。俺は上を目指す気なんか少しもなくて、むしろ半年で辞めると決めているのに、郷田さんはそのことを全く知らずに俺に期待を寄せてくれている。そのことが心苦しかった。

(……何であの人は介護なんてやってんだろうな。普通の会社であの人が上司だったら、俺も見習おうって気になれたのにな)

考えたところでどうにもならないとわかっていても嘆かずにはいられない。田沼さんにしろ郷田さんにしろ、どうしてこんな職場でしか出会えなかったのだろう。

その後、俺が詰め所に戻ると夜勤明けの潘さんが経過表を書いていた。俺が戻ったのに気づくと、経過表を書くのを止めてこちらを見た。

「ああ大石君、お疲れさま。誘導終わった？」

「はい。何とか朝礼までに終わってよかったです。やっぱり朝は忙しいですね」

「人は少ないけどやることは多いからね。でも本当はこれ二人で回すんだよ」

「そうなんですか……。じゃあますます速くしないといけないってことですね」

今日は松井さんも早出なので、今出勤している二階の職員は三人だ。一人は誘導、一人は食介兼食堂見守りという形で回すのだろうが、とてもできる気がしない。

「前にも言ったけど速さは後からついてくるから、それより利用者さんの安全が第一だよ。焦って食介して誤嚥したら意味ないし」

「……ですよね。気をつけます」

例によってしっかり釘を刺される。排泄介助を教わったあの日、珍しく褒められたことで少しは打ち解けられたかと思ったが、やっぱりこの人は苦手だ。

「あ、そうだ大石君。今日短パン持ってきてる？」

「え、短パン？」

「そう。それとTシャツ。用意しといてって先週言ったよね？」

「ああ……そういえば先週持ってきてました。ロッカーに入れっぱなしにしてます」

「じゃあよかった。今日人に余裕あるから入浴介助してもらおうと思って」

「入浴介助？」

また急だな、と思いながら返事をする。確かに排泄介助はある程度できるようになったし、そろそろ新しい仕事を覚える段階ではあるんだろう。にしても梅雨のじめじめした時期に風呂かよ、と早くもげんなりする。

「今日は松井さんが入浴担当だから午前中はそれ見学して。午後からは交代で、大石君が介助して松井さんにチェックしてもらう。それでいい？」

疑問形ではあるが俺に選択の余地があるはずがない。まだ相手が松井さんなだけマシだなと思いながら、「わかりました」と答えた。

「じゃ、あたしは朝礼行ってくるから、松井さん戻ってきたら見学のこと伝えといて」

「わかりました」

相変わらず早口で言って潘さんが詰め所を出て行く。夜勤明けとは思えないきびきびとした足取りだ。この人の体力はどうなっているんだろうと見るたびに思う。

俺が経過表を書いていると、五分ほどして松井さんが戻ってきた。俺が見学することを伝えると「ああそう、よろしく」とあっさり快諾してくれた。

「えーと、今日は午前も午後も二人か、少ないから楽だね」

詰め所の壁にかけられた入浴予定表を見ながら松井さんが言った。小型のホワイトボードに、今日入浴する利用者さんの名前が午前と午後に分けて書かれている。午前は杉山さん、山根さん、午後は川口さん、村上さんの男性二人だ。

「機械浴は時間かかるから、先に個浴《こよく》行った方がいいかな。あ、個浴と機械浴の違いはわかる？」

「いや、わからないです」

「個浴っていうのは、普通の家にあるような浴槽を跨ぐタイプのお風呂で、機械浴っていうのは浴槽を跨げない人のためのお風呂のことだよ。座位が取れない人用に寝たまま入るストレッチャー浴と、座位が取れる人用に座ったまま入れるチェアー浴ってタイプの二種類があるんだ。今日使うのはチェアー浴の方ね。今日のメンバーでいうと、杉山さんと川口さんが個浴で、山根さんと村上さんが機械浴だね」

「川口さんも個浴なんですか？　歩行器使ってるのに」

「あの人足の上げ下ろしはできるから、ＡＤＬ保つためにも個浴で入ってもらった方がいいんだよ。もちろん跨ぐときには支えないといけないけどね」

ＡＤＬというのは、日常生活を送るために必要な動作のことだ。食事や移動、入浴や排泄など、生活に必要な動作全てがこれに含まれる。川口さんについていうと、手すりを伝えば不安定ではあるが転ばずに歩け、トイレにも自分で行くことができる。だから個浴にも入れるってことなんだろう。これが残存能力の活用ってやつかと妙に納得した。

「じゃ、とりあえずお湯溜めに行こうか。っていっても個浴は家のお風呂と一緒だけどね」

松井さんが言って詰め所を出て行く。俺も後に続き、二人して廊下の端まで歩いたところで「浴室」と書かれた部屋が二つ見えた。汚物室の隣にある部屋だ。

「個浴と機械浴で部屋が分かれてて、広いほうが機械浴ね。汚物室と一緒で、利用者さんが入らないように普段は施錠してるから、終わった後は忘れず鍵閉めてね」

松井さんに鍵を開けてもらい、中に入るとすぐ脱衣室が見えた。部屋の真ん中に背もたれの付いた椅子が置かれ、端には洗面台や洗濯機、乾燥機がある。奥の引き戸を開けると浴室があり、真ん中に肘かけ付きのシャワーチェアーが置かれている。脱衣室にしても浴室にしても、壁に手すりが付いている以外は家の風呂とほとんど違いはなかった。

「入浴介助する前にはいろいろ準備がいるんだよ。お湯溜めるのはもちろんだけど、浴室内も調《ととの》えとかなきゃいけないんだ。例えばこれね」

松井さんが浴槽にかけられていたマットのようなものを取り上げて俺に見せる。片側に吸盤の付いた薄いマットだ。

「これは滑り止めマットっていって、浴槽の底に敷いて使うんだ。浴槽から立ち上がるときに滑って転んだらいけないからね。後は床に泡とか髪の毛が残ってないかも確認しとかないといけない。何が転倒の原因になるかわからないからね」

「そういえば、入浴介助中って事故が起こりやすいんでしたっけ」

昨日の初任者研修の内容を思い出しながら俺は言った。基本的に授業は半分寝ながら聞いていたのだが、事故、という縁起でもない単語が飛び出したのでそこだけ意識がはっきりしていた。

「そう。介護施設じゃいろんな事故が起きるけど、一番多いのが入浴中の事故なんだ。高齢者はどうしても足腰が弱っている人が多いから、私らならどうってことない原因で転倒することも多くて。それで亡くなる人も多いから十分気をつけないとね」

始める前からそんなことを言われるとプレッシャーでしかない。ぼーっと見学するつもりだった俺は、一応ちゃんと見とくか、と考えを改めた。

「じゃ、お湯溜めてる間に着替えてきてくれる？　着替え持ってきてるんだよね？」

「あ、はい。別に何でもいいんですよね？」

「濡れてもいい服ならね。びっくりするくらい汗搔くから覚悟しといた方がいいよ」

「……はい」

半分引きつった顔で頷き、松井さんと別れて更衣室に向かう。ロッカーを開けると、ハンガーにかけっぱなしにされた黄緑色のTシャツと黒いハーフパンツが目に入った。どっちもナイキのものだ。Tシャツに短パンなんていうポロシャツ以上にダサい格好をしないといけないのなら、せめてカッコいいデザインのものにしようと先週買ったのだ。

「はぁ……にしても嫌だな。風呂……」

周りに誰もいないのをいいことに盛大にため息をつく。何が悲しくて仕事中に短パンなんか穿いて人を風呂に入れなきゃいけないいんだろう。でも自分が介助してる途中で人が死ぬなんて寝覚めが悪いし、もしそれで訴えられたらますます面倒なことになる。何を考えても嫌なことしか浮かばず、俺はもう一回ため息をついて更衣室を出た。

集合場所である杉山さんの居室の前に行くと、蛍光イエローのTシャツに赤いハーフパンツを穿いた松井さんが待っていた。これだけ派手な色の組み合わせを堂々と着られるなんて、やっぱりこの人は強い。

「じゃ、行こうか。お風呂はもう溜まってたからお湯止めといたよ」

松井さんが言い、ノックしてから杉山さんの居室に入る。杉山さんはベッドにちょこんと腰かけて本を読んでいた。

「杉山さーん！　お風呂行きますよー！」

松井さんが大声で呼びかける。杉山さんがきょとんとして本から顔を上げた。

「お風呂？　今日お風呂の日なの？」

「そうよー！　火曜日と金曜日はお風呂の日！　しかも今日は一番風呂よ！」

「本当？　朝からお風呂なんて嬉しいねぇ」

杉山さんが顔をくしゃっとさせて笑う。どうやらお風呂が好きなようだ。

「じゃ、入る前に血圧と体温測るわねー！　大石君、バイタルセットって見たことある？」

「あ、はい。事務所に置いてある巾着袋のことですよね？」

「そうそう。入浴のときは絶対使うから。今日は私が持ってきといたよ」

松井さんはそう言うと、巾着袋から体温計と血圧計を取り出して杉山さんの体温と血圧を測り始めた。待っている間に俺の方を見て説明してくれる。

「お風呂の前には必ずバイタルを測るんだ。もし体温が高かったり、血圧や脈拍が正常値じゃなかったりしたらナースに連絡して、入浴するかどうか判断してもらわないといけないから」

「わかりました。あの……ところで松井さん、バイタルってどういう意味でしたっけ？」

「バイタルはバイタルサインの略で、呼吸、体温、血圧、脈拍とかのことだよ。どれも利用者さんの身体の状態を表すものだから、体調悪いときなんかはこまめに測らないといけないんだ。でもこれって最初に潘ちゃんか誰かから教えてもらわなかった？」

「教えてもらったんですけど、詳しい内容は忘れちゃって……。ただ初任者研修のテストで出そうなんですよね」

「ああ、今は試験あるんだっけ？　私らの頃はなかったのに大変だねぇ」

松井さんが同情するように言う。初歩的な質問をしたことを気にした様子はない。これが潘さんだったら、一回教えたんだから覚えろと怒られるところだ。

「と、言ってる間に測れたね。体温が三十五．八度、血圧は上が百十、下が八十二、プルスが七十四ね。後で経過表に書くから大石君メモしといてくれる？」

「あ、はい。えっと、プルスって何でしたっけ？」

「プルスは脈拍。もう、大石君駄目よー！　ちゃんと覚えとかないと！」

「はい……すいません」

怒られはしたが、冗談っぽい口調なので俺もそこまでへこまない。テスト前にわからないことがあったら今後も松井さんに聞こうと決めた。

「じゃ、バイタルも問題ないし行こうか。杉山さーん、着替え用意するよー！」

「はいはい。適当に選んでくれていいよ」

「はいよー！……ああそうそう大石君、着替えだけじゃなくて、タオルも全部部屋から持っていくんだよ」

「あれ、そうなんですか？　俺、浴室に置いてあると思ってたんですけど」

「同じもの使うとそこから病気がうつることもあるからね。浴室には置いてないんだ」

「そうなんですか、わかりました」

「シャンプーとかも基本は持参。どうしてもない場合は備え付けを使うこともあるけどね」

説明しながらも松井さんは次々と替えの衣類を用意し、部屋に置いてあった籠に放り込んでいく。年寄りのものとはいえ、ショーツやらブラジャーやらを目の前に広げられるとちょっと落ち着かない気持ちになる。

「あの、松井さん、今さらですけど、俺入って大丈夫なんですか？　男に裸見られるのとか嫌なんじゃ……」

「んー、気にする人もいるけど杉山さんは大丈夫だよ。ねえ杉山さん？」

「うん、私は何にも気にしないよ」

杉山さんがにこにこしながら言う。自立の人でもこんな反応をするなんて、やっぱり世話をされるのに慣れてしまったのだろうか。
用意ができたところで松井さんが籠を持ち、杉山さんを連れて浴室へと向かう。三人で脱衣室に入ったところで、松井さんが持参したフェイスタオルを椅子の座面と足元に敷いた。

「高齢者は皮膚の病気持ってることも多いから、裸で直に椅子に座ったらそこから菌がうつることもあるんだ。だから必ず下にタオル敷いてね。椅子に敷く用で一枚、足元の滑り止め用で一枚、後は身体洗う用に一枚で、フェイスタオルは全部で三枚いるかな」

「結構使うんですね」

「そう。だから替えが少ない人は大変よ。家族さんもすぐ持ってきてくれる人ばっかりじゃないからねぇ」

俺達が話している間にも杉山さんは自分で服を脱いでいく。下着だけになるとさすがに直視するのが申し訳なくて俺は目を逸らした。

「リハパン穿いてる人だったら尿とか便出てないか確認するけど、杉山さんはショーツだからそれもしなくて大丈夫……って大石君、どうかした？」

「あ、いや、やっぱり女性の裸を見るのはちょっと……」

「本人が気にしてないって言ってるのに、大石君も意外と純情だねぇ。でも介助してるときは男とか女とかいう考えは捨てないと。利用者さんちゃんと見てなくて事故したら本末転倒よ？」

それもそうだと思って俺はようやく杉山さんの方を見た。全裸になっても杉山さんは相変わらずにこにこして椅子に座っている。垂れ下がった乳房を晒している姿を見て、俺は何だか申し訳なくなった。

「じゃ、杉山さん行くわねー！　手すり持ってこけんようにしてよー！」

「はいはい、手すりね」

杉山さんが手すりを持ってタオルを敷いた道を歩き、そのすぐ後ろを松井さんが付いていく。足を滑らせてもすぐ支えられるようにするためなのだろう。松井さんのふくよかな背中を俺は見ながら、この人だったら男の人でも支えられそうだなとぼんやり考えた。

杉山さんが浴室の椅子に座り、松井さんがその横に立つ。俺は入口の引き戸の前に立った。狭い空間に三人が密集してるとそれだけですでに暑く感じた。

「じゃ、今から頭とか身体とか洗っていくね。っていっても杉山さんの場合は全部自分でやるから、私らは見てるだけで大丈夫」

「あ、そうなんですか？」

「個浴の人はＡＤＬ自立の人が多いから、基本は自分でやってもらってるかな。まぁ指先が不自由だったら頭洗うくらいはするけどね」

「ああ……そういや初任者研修でも言ってましたね。できない部分を手伝うのが介護だって」

「そうそう。つい全部こっちがやりたくなるけど、できることは自分でやってもらうのが基本だからね」

実際、杉山さんは自分で頭を洗っている。別にやりにくそうにしている様子もないので手伝う必要もないいんだろう。こういう人は介助も楽そうだなと俺は考えた。

十五分ほどかけて頭と身体を洗い終え、ようやく杉山さんは浴槽に入ることになった。見てるだけとはいえ、湯気が上がった浴室はやはり暑く、おまけに三人も人がいるせいで余計に熱気がこもっている。全身を洗ってさっぱりした杉山さんとは対照的に俺は汗だくになっていた。

「じゃ、杉山さーん、湯船浸かるよー!」

同じく汗だくになりながらも松井さんが威勢のいい声を張り上げる。Tシャツの背中がくっつくほど汗を搔いているのに、このパワーはどこから出てくるんだろう。

「浴槽跨ぐときはどうしても片足立ちになるから、一番バランス崩しやすいんだ。だからしっかり腰持って支えてね」

言葉どおり松井さんが両手で杉山さんの腰を支える。浴槽の周りに付いた手すりを杉山さんに持ってもらい、片足ずつ慎重に足を上げてもらう。見てる方もつい緊張してしまったが、杉山さんはふらつかずに無事に浴槽に入った。

「湯船浸かる時間は長くても五分くらいかな。あんまり長いこと浸かってると体温上がるからね」

「体温上がったらいけないんですか?」

「体温は血圧と連動するからね。暑いとこから寒いとこに行ったら体温は下がるけど、そうなったら血管が縮んで血圧が上がるんだよ。そしたら心臓に負担かかって、心筋梗塞とか脳卒中とかの病気につながるから気をつけないといけないんだよ」

「はぁ、体温一つでそんな影響するもんなんですね」

「そう。もっと長く湯船浸かりたいって言う人も多いんだけど、それで倒れたら元も子もないからね。だから時間はきっちり計っておいてね」

「わかりました」

「さ、私は今のうちに機械浴の準備しとこうかな。大石君、待ってる間に杉山さんと話しといてくれる?」

「え？　俺がですか？」

「利用者さんとのコミュニケーションも仕事の一つだから！　じゃ、よろしくー」

返事をする間もなく松井さんが浴室を出て行ってしまう。いきなり言われても……と俺は困惑しながら浴槽を見た。杉山さんは肩まで湯船に浸かって目を瞑っている。たぶん気持ちいいのだろうが、実は死んでるんじゃないだろうなと少し不安になってしまう。

「えーと……杉山さん、お湯加減どうですか？」

「ああ、いい塩梅《あんばい》よ。やっぱりお風呂は気持ちいいねぇ」

杉山さんが目を開けて答える。俺は「そうですか」と返したもののそこで会話が止まってしまった。食介や排泄のときは物言わぬ利用者さんを相手にすることが大半なので、いざ自立の人を相手にすると何を話せばいいかわからなくなる。

結局杉山さんはすぐにまた目を瞑ってしまったので、俺もそれ以上話しかけないことにした。利用者さんだってゆっくりしたいだろうと自分に言い聞かせる。

長すぎる五分が経ったところでようやく松井さんが戻ってきた。入るときと同じように腰を支えて杉山さんに浴槽から出てもらい、その後は杉山さんの後ろにぴったり付いて脱衣室まで戻ってくる。

「杉山さん着替えは自分でしてくれるから、その間に浴室を洗えばいいよ。あ、お湯は一回一回抜いてね」

「わかりました。あの、ところで松井さん、利用者さんが湯船浸かってる間って、脱衣室で待ってたら駄目なんですか？」

「うーん、それは駄目かな……。万が一見てない間に溺れたら大変だし」

「でもヘルパーが近くにいたら気遣いますよね？　どうせなら一人でゆっくりしてもらったほうがいいと思うんですけど」

「まぁ利用者さんからしたらそうかもしれないけど、私らは命預かってる身だからねぇ。安全のこと考えたら中にいとかないといけないと思うよ」

そう言われては返す言葉がない。そもそも俺は自分が気まずい時間を過ごすのが嫌なだけで、利用者さんのことを考えてるわけじゃない。コミュニケーションが取れない時点でやっぱりこの仕事は向いてないんだろうなと思う。

松井さんが浴室の掃除に行ってしまったので、俺はまたしても杉山さんと二人で取り残されることになった。杉山さんは一人でするすると着替えをしており、手伝う必要は全くない。とはいえ黙って突っ立っているのも気まずく、俺は何とか話題を探そうとした。

「えーと……杉山さんってお風呂好きなんですか？」

「うん、お風呂は大好きよ。あったまるし、さっぱりするし、毎日でも入りたいくらい」

杉山さんが靴下を履きながら答える。とりあえず風呂好きだということはわかったので、そこから何とか話題を捻り出そうとする。

「まぁ確かに気持ちいいですよね。ただ入れるのは週二回だけで、時間も短いんですよね」

「そうだねえ。でも入れてもらえるだけ有り難いと思うよ。この年になると一人で入るのは怖いからねぇ」

「俺だったら一人で入りたいですけどね。傍でじっと見られてるのって嫌じゃないですか?」

「そうでもないよ。見ててもらえれば何かあっても安心だからねぇ」

「うーん、でも会話なかったらやっぱり気まずいような……」

「どんなヘルパーさんでもお世話してもらえるだけ有り難いよ。人のお世話なんてやってくれる人の方が珍しいだろうからねぇ」

そんなものだろうか。確かに実際問題として介護職は不足していて、人が足りなすぎて、一人のヘルパーが一日に二十人くらい入浴介助をする施設もあると初任者研修で言っていた。そんなに人数が多かったらゆっくり浸かってる暇なんてないだろうし、ヘルパーだってへろへろでいつ倒れたっておかしくない。そう考えれば、世話をしてもらえるだけ有り難いという杉山さんの言葉もあながち嘘ではないのかもしれない。

話している間に松井さんが浴室の掃除を終えて戻ってきた。濡れた杉山さんの頭をドライヤーで乾かし、タオルや衣類などを洗濯機に放り込んだところで杉山さんを居室に送っていく。杉山さんはよほどお風呂が嬉しかったらしく、居室のドアを閉めるまで「ありがとねぇ」を連発していた。

「これが入浴介助の一通りの流れ。個浴はそんなに難しくないでしょ？」

廊下を歩きながら松井さんが尋ねてくる。俺はさっき見た一連の介助を思い出しながら頷いた。

「そうですね。転倒さえ気を付けたら何とかできそうです」

「でしょ。後は時間配分かな。今日は人数少ないからまだいいけど、多いときは午前中だけで四、五人入るときもあるから、そういうときは時間逆算して動くようにしてね。昼食に遅れるとその後が全部ずれていくから」

「わかりました。ただ昼食に間に合わせようって思ったら、一人だいたい三十分くらいで入れないといけないってことですよね……。そんなに速くできるのかな」

「まぁ最初から五人も入れることはないと思うから、まずは事故がないように気をつけてやったらいいと思うよ。機械浴の方は慣れるまでもっと時間かかるだろうけど、やっていくうちに覚えるから」

「そうですね……。次が機械浴でしたっけ？」

「そう、山根さんね。もうタンクにお湯は溜めてるけど、先に部屋だけ見ておこうか」

先ほどの個浴の隣にある部屋のドアを松井さんが開ける。洗濯機と乾燥機の置かれた脱衣室が手前にあり、奥に浴室があるという構造は同じだが、脱衣室も浴室もさっきの倍以上の広さがある。何より目を惹くのは、浴室の真ん中に置かれたキャスター付きの巨大な肘かけ椅子だ。正面下側には横に畳まれた足置きがあり、背もたれの後ろ側にはT字型の把手《とって》が付いている。椅子の前には、前面がコの字型にくり抜かれたタンクのような機械が置かれている。

これが機械浴。配属初日に施設を見学して以来見ることがなかったが、改めて見るとすごい存在感だ。俺が圧倒されていると、松井さんが機械を触りながら解説してくれた。

「これがさっき言ってたチェアー浴ね。この椅子に利用者さんに座ってもらって、車椅子みたいに動かすんだよ。後ろに付いてる把手がハンドルで、これを動かしながら操作してね。椅子をそこにあるタンクにはめ込むとそのまま浴槽になって、タンクに付いたボタンを押すとお湯が流れるようになってる。ま、詳しい使い方は後でやりながら説明するよ」

「わかりました」

返事をしつつ、俺はこんな謎の機械を自分が動かせるんだろうかと不安になった。普段は見ないものばかりだから一度で覚えきれる気がしない。

浴室を出て、談話室にいる山根さんを迎えに行く。詰め所には遅出の田沼さんが出勤していた。俺が短パン姿でいるのを見ると、「入浴、暑いだろうけど頑張ってね」と笑いかけてくれたので、俺も少しだけやる気が出た。

「山根さーん！　お風呂行きますよー！」

松井さんが例によって大声で呼びかける。お茶を飲んでいた山根さんが「お、ふろ」と繰り返しながらこっちを見た。

「山根さんみたいにトイレ介助がいる人は、浴室に行く前にトイレ行ってもらうんだよ。浴室にはトイレないからね」

「わかりました」

「とりあえず先にバイタル測っとこうか。私は部屋行って着替えの準備してるから、バイタル測り終わったら一緒に部屋来てくれる？　そこでトイレ行ってもらうから」

「了解です」

時間に余裕があるにもかかわらず松井さんの指示には無駄がない。ヘルパー歴十八年にもなると段取りが自然と身についているのだろう。

バイタルセットから体温計と血圧計を取り出して山根さんのバイタルを測定する。体温は三十五．五度。少し低めだけどたぶん大丈夫だろう。続いて血圧の測定が終わったので数値を見たが、そこで顔をしかめた。

「上が百六十二……？　これって高いんじゃないのか？」

最初の頃に潘さんから教えてもらった内容を思い出す。確か上が百四十以上だと正常よりも高いという判断だったはずだ。どうしたものかと考えていたところで、ナースに指示を仰げと言われたことを思い出し、ピッチで連絡することにした。

『はい、野島です』

聞き慣れた男性の声がして俺はほっとした。今日はナースが二人とも出勤だったはずだが、出てくれたのが野島さんでよかった。

「あ、野島さん、大石です。山根さんの入浴行くんでバイタル測ったんですけど、血圧が少し高い気がして……」

『そうなんだ、数値は？』

「えーっと、上が百六十二、下が八十六です。入浴止めた方がいいですか？」

『百六十二か……。百六十以上だと止めた方がいいことにはなってるんだけど、山根さんって元々高血圧なんだよね。他に何か症状ある？』

「体温は三十五．五度でちょっと低めですけど、特にいつもと変わりなく見えますね」

『入浴は大石君がするの？』

「いや、松井さんです。俺は見学だけで」

『じゃあ松井さんに、入ってもいいけど時間短めでって言っといてくれる？　もし特変あったらすぐ中止してもらって』

「わかりました」

通話を終えて電話を切る。血圧が高いからって一律に中止になるわけでもないらしい。こういう微妙な判断をしないといけないなんてナースは大変だ。


山根さんを居室に誘導し、松井さんと合流してトイレ介助を済ませ、それから浴室に向かう。車椅子のまま浴室に入ると、さっそく松井さんが山根さんの更衣介助を始めた。

「更衣には順番があって、『着患脱健《ちゃっかんだっけん》』っていうんだけど、聞いたことある？」

「チャッカ……？　いや、ないです」

「片麻痺の人の更衣介助をするときに使う用語なんだけど、着るときは患側、つまり麻痺のある側から着てもらって、脱ぐときは逆に健側、つまり健康な側から脱いでもらうってことね。このやり方だと麻痺がある方を極力動かさずに済むし、スムーズに更衣できるから覚えておいた方がいいよ」

「わかりました」

いかにもテストに出そうだと思いながら、俺は頭の中で「チャッカンダッケン」と繰り返した。でも言ってるうちに「チャッカン」なのか「チャッケン」なのかこんがらがってきた。

「山根さんは左手に麻痺があるから脱ぐのは右から。前開きの服だったらボタンを全部外してから腕を抜いて、トレーナーみたいな被るタイプだったら、脱ぎやすいように袖をたくし上げてから脱いでもらうといいよ。頭抜くときも鼻に引っかけないように、襟ぐりを引っ張って広げといてね」

今日山根さんが着ているのは長袖の前開きシャツだ。松井さんはボタンを素早く外して右袖から順番に腕を抜いていく。続いて肌着も右手から順番に抜き、あっという間に上半身裸になる。麻痺の人を相手にしてるとは思えない手際のよさに俺は圧倒された。

「次は移乗ね。山根さんは立位安定してるから、トイレのときみたいに手すりを持って立ってもらって、車椅子を抜いてズボンとリハパンを下ろしてからチェアーに座ってもらう。すぐ入れ替えできるようにチェアーは近づけておくといいよ。ちなみにチェアーのブレーキは後ろね」

松井さんがチェアーの後ろに回り、ブレーキを足で解除してハンドルを持って動かす。

タイヤががりがりとタイルをこすり、大きな音を立てながらチェアーが近づいてきた。

「じゃ、山根さん！　手すり持ってしっかり立ってよー！」

「た、つ」

「そう！　しっかり立つ！　じゃあ行くよー！　せーの！」

声をかけると同時に山根さんが右手で手すりを持って立ち上がる。しっかり立ったのを見てから松井さんが車椅子を抜き、素早くズボンとリハパンを下ろしてからチェアーをがらがらと運んでくる。山根さんがチェアーに座り、それから松井さんが足置きをセットして山根さんの両足を乗せた。

「後の手順はさっきと同じだね。最初に頭と身体を洗って、それから湯船に浸かる。ただ山根さんの場合、身体とか頭もこっちが洗わないといけないけどね。洗うときは皮膚を傷めないように力抜いてね。順番は末梢《まっしょう》から中枢《ちゅうすう》、つまり手足の先から中心に向かって。これは心臓への負担を少なくするのと、血流をよくするためね。陰部は最後に洗ったらいいよ」

「わかりました。あの、ところで陰部もやっぱりヘルパーが洗うんですか？」

「山根さんの場合、右手は使えるから自分で洗ってもらったらいいよ。まぁ全介助の人だったらこっちが洗うけどね」

「ですよね……」

山根さんのペニスを見ながら、女の人がこれを洗うなんて絶対嫌だろうなと俺は思った。松井さんくらいのベテランだったら気にすることもないのかもしれないが。


山根さんの頭と身体を洗い終え、ようやく浴槽に浸かってもらう段階になった。松井さんがチェアーの後ろに回り込んでブレーキを解除する。

「後ろ側に付いてるペダルを踏んだらチェアーを後ろに倒せるから、倒した状態で機械にはめ込むとそのまま浴槽になるんだ。あ、倒す前には一声かけてね」

言った傍から松井さんが「山根さーん！　椅子倒すよー！」と声をかけ、チェアーの背中下側に付いたペダルを踏んでリクライニングする。その状態で機械の方にチェアーを押していき、がちゃんと音を立ててはめ込む。機械と一体化したチェアーは底の深い直方体を造り、確かに浴槽らしくなった。

「機械がはまったら、ここの『給湯』ってボタンを押すとタンクのお湯が浴槽に流れるよ。タンクにお湯がないと出てこないから、溜めておくの忘れないようにね」

松井さんが機械の前側にあるボタンを押すと、下の方からごぼごぼ音を立てながらお湯が出てくる。五分もしないうちに浴槽にたっぷりのお湯が溜まった。

「チェアー浴の人も浸かる時間は五分が限度かな。機械にタイマーが付いてるから、忘れずにセットしとくといいよ。後は好みだけど、こんな機能もあるよ」

タイマーをセットしてから松井さんが別のボタンを押す。すると浴槽の左右からごぼごぼと泡が立ってジェットバスみたいになった。

「ここの『ジャグジー』ってボタンを押すとこうやって泡が出てくるんだ。気持ちいいみたいで好きな人多いよ。山根さん、どう？」

「き、もち、いい」

「そっかそっか！　でも今日は三分したら出るからねー！」

「さん、ふん」

「そう、三分！　短いから今のうちに楽しんどいてよー！」

「は、い」

そんな風に山根さんと会話する松井さんは実に楽しげだった。杉山さんと二人きりにされて会話に困っていた俺とは大違いだ。機械の傍に立って山根さんと話す松井さんの姿を眺めながら、俺には真似できそうもないな、と投げやりな気持ちで考えた。

あっという間に三分が経ち、松井さんはジャグジーを止め、機械の前側にある「排水」

というボタンを押した。浴槽に溜まったお湯がみるみる抜けていく。

「お湯が全部抜けたら機械が音で知らせてくれるから、そしたらチェアーを抜いて、シャワーで流しておしまい。次に入る人がいるときはもう一回タンクにお湯溜めといてね」

「わかりました」

「じゃ、山根さーん！　動くよー！」

機械がピロンと音を立てたのを合図に松井さんがチェアーを機械から引き抜く。その後リクライニングを戻し、シャワーで山根さんの全身をざっと流していく。

「後はこのまま脱衣室に行って更衣ね。更衣はさっきの逆で、リハパンに両足を入れた状態で立ってもらって、リハパンを上げつつチェアーを抜いて車椅子に座ってもらう。ただし濡れてる分滑りやすいから、床を拭いてタオル敷いた状態で立ってもらってね」

「わかりました」

「じゃ、私は浴室の掃除してくるから、大石君は身体拭いといてくれる？　立つときにまた声かけてくれたらいいから」

「了解です」

時間は十時十五分過ぎ。昼食の誘導までには十分余裕があるが、松井さんの指示には相変わらず無駄がない。自分だったら絶対こんなに手際良くできないだろうなと思いながら、俺は山根さんの着替えからタオルを引っ張り出した。

「山根さん、お風呂気持ちよかったですか？」

一応コミュニケーションを取ろうと話しかける。山根さんからはワンテンポ遅れて「と、ても」という返事があった。

「そうですか。松井さんベテランだから安心だったでしょ」

「は、い」

「しかも話しやすいですもんね。どうせ入れてもらうなら、話してて楽しい人の方がいいですよね」

山根さんは答えなかった。俺もそれ以上会話の糸口が摑めず、とりあえずリハパンの更衣をすることにした。

「あ、そうそう、大事なこと忘れてた！」

俺がまさに呼ぼうとしたところで松井さんが浴室から飛び出してきた。山根さんの着替えを入れた籠を探り、中から「アズノール」と書かれたチューブ状の薬を取り出す。

「アズノール……。確か皮膚用の軟膏でしたっけ」

「そうそう。山根さん、この前から臀部に褥瘡できてるでしょ？　だから排泄後に塗布してくれってナースから指示あって」

「俺もトイレ介助のときに何回か塗ったことあります。入浴後も塗るんですね」

「身体が一番綺麗な状態だからね。他にも新しい傷とか腫れ物できてたらそこにも薬を塗らないといけないから、気になることあったらすぐナースに報告した方がいいよ」

言われて改めて山根さんの身体を観察したが、特に新しい傷はないように見える。松井さんも何も言わないから特に変わったことはないんだろう。ただ、俺一人で介助すると変化を見過ごしてしまいそうで、また怒られる種が増えると思うと憂鬱になった。


練習ということで、移乗と更衣は俺がメインになって進めた。入浴時の転倒が多いと聞いていたので立ってもらうときは冷や冷やしたが、特に滑ることもなく車椅子に移乗することができた。

だけど更衣は苦労した。最初は着患脱健を忘れて健側から更衣してしまい、やり直したときも患側に袖を通すのに手間取った。見ている分には簡単そうだったのに自分でやってみると難しく、着替えが終わる頃には自分が風呂に入ったみたいに汗だくになっていた。

「はい。お疲れさま。後は水分補給ね。山根さんも大石君も」

談話室まで山根さんを誘導したところで松井さんが言った。山根さんにお茶を出し、俺は詰め所に持ってきていたペットボトルのお茶をがぶ飲みした。

「午前中はこれで終わりだね。大体の流れはわかった？」

「はい。でも入浴介助って大変ですね。見てるだけなのにすごい疲れたっていうか……」

「まぁこの時期は特に暑いからねぇ。ただ慣れたらずっと同じことしてたらいいから楽よ」

「そうですか？　利用者さんと長時間二人きりって気まずくないですか？」

「そんなことないよ。喋ってたらすぐ時間経つしね」

「そうですか……」

　確かに松井さんは利用者さんとのコミュニケーションも難なくこなしていた。こういうお喋り好きな人じゃないとヘルパーを十八年も続けるなんてできないんだろう。

「じゃ、午前中はここまでだね。昼食挟むから一回着替えてきてくれる？」

「わかりました……」

　ぐったりしながら更衣室へ向かう。Ｔシャツも短パンも汗でびちゃびちゃだ。これを午後からも着ないといけないのだと思うと早くもうんざりする。

　疲れた身体を引き摺りながら昼食の誘導や食介をし、十二時から休憩に入った。すでに疲労がピークに達しているので飯を味わう気にもなれない。

「はぁ……午後もまた風呂か……。嫌だな……」

午後からは俺がメインでやることになっている。しかも川口さんと村上さんという取っつきにくいメンバーだ。何で午前と逆にしてくれなかったんだろう。

「二人だけでも大変なのに五人とか……、できる気しないいんだけど……」

これから夏になるとますます汗も掻くだろうし、その上で人数を増やされたら本当に倒れてしまいそうだ。つくづくこの仕事は割に合わないと思う。

「半年って思ってたけどすぐ辞めたいな……。そしたら初任者のテストも受けなくて済むし……」

俺がこんな風に愚痴を垂れ流しているのは休憩室に誰もいないからだ。大抵は誰かと被るので一人というのは珍しい。ちなみに松井さんは毎回家に帰るのでここで休憩を取ることはない。

そうこうしているうちに時刻は十二時五十分を回った。いつもならギリギリまで粘るところだが、浴室の準備をするよう頼まれてしまったので少し早めに上がらないといけない。まだ時間外だってのにと内心文句を言いながらも俺は休憩室を出ようとした。

「あっ！」

引き戸を開けたところで入ってこようとした誰かとぶつかる。咄嗟に机を掴んで俺はよろめいた身体を支えた。

「あ、すいません、前見てなくて……」

顔を上げた俺はそこで目を丸くした。入口に美南ちゃんが立っていたからだ。――薄水色のTシャツに白いショートパンツという格好で。

「あ、ごめん大石君！　大丈夫だった⁉」

美南ちゃんが慌てて俺の方に駆け寄ってくる。白い生脚が動くのを見ながら俺はぎこちなく頷いた。

「み……美南ちゃん……、その格好……。もしかして入浴介助？」

「あ、うん。そうなんだ。二週間くらい前から教えてもらって。先週から一人で始めたとこ！」

「へえ……そう、なんだ……」

俺はガン見していると思われない程度に美南ちゃんの服装を観察した。Tシャツは身体にフィットしたタイプで、短めの袖口から白くて細い二の腕が覗いている。ショートパンツは体操服みたいな伸縮性のあるタイプで、これまた白くて細い太股がばっちり見えている。その服装は全然やらしくなくてむしろ爽やかな雰囲気なのに、普段は見えない部分がむき出しになっているせいでつい目が釘付けになってしまう。

「入浴介助って楽しいよね。利用者さんとゆっくりお話しできるし、みんなさっぱりして気持ちいいって言ってくれるし！」

「そう……だね」

俺の心臓がハイになっていることなど知る由もなく、美南ちゃんが笑顔で言って冷蔵庫から水筒のお茶を取り出して飲む。白い二の腕と脚から目を逸らせようと俺は必死に自制心を働かせた。そうか。入浴介助ってことは、この格好の美南ちゃんと長時間いられるってことか……。ちょっと利用者さんが羨ましいとか思ってしまった自分はやらしいんだろうか。

「じゃ、準備あるから行くね。また研修のときに！」

美南ちゃんが手を振って休憩室を出て行く。俺はなるべく平常心を装って手を振ったが、美南ちゃんが背を向けたタイミングでもう一回白い手脚を目に焼きつけた。これくらいの目の保養は許されるはずだ、たぶん。


思いがけず元気を回復したところで更衣室に行ってTシャツと短パンに着替え、個浴の準備をしてから松井さんと合流して川口さんを迎えに行った。松井さんが目ざとく「大石君、午前中より元気そうだけどなんかあった？」と訊いてきたが適当にごまかした。

「川口さーん、こんにちはー！　お風呂行きましょかー！」

俺にしては上機嫌で言いながら居室に入っていく。が、ベッドに腰かけてじろりとこちらを睨む男性を見ると浮ついた気分も引っ込んでしまった。川口さんは目が細いせいで普通にしてても睨んでるみたいに見える。せっかちな性格なので食事が終わるとすぐに居室に帰りたがり、そういうときは無言のままこの目で職員を睨みつけてくるので怖い。

「風呂？　わしは風呂には入らん」

川口さんがにべもなく言う。拒否されると思っていなかった俺はぽかんとしてすぐに返事ができなかった。

「え、入らんって……どっか具合でも悪いんですか？」

「具合はどこも悪くない。だが風呂には入らん」

「何でですか？　さっぱりして気持ちいいですよ」

「わしは汗など掻かん。風呂なんぞ必要ない」

川口さんの返事は短く取り付く島もない。俺が助けを求めるように松井さんを見ると、すかさず松井さんが前に出てきて言った。

「ちょっと川口さん、若い人困らせたら駄目よー！　お風呂は入らないと駄目っていつも言ってるでしょー!?」

叱りつけるような口調ではあるが、例によって冗談っぽくはあるので説教している感じにはならない。それでも川口さんはしかつめらしい表情を崩さなかった。

「わしは客だ。何故客がヘルパーの言うことを聞く必要がある？」

「施設のルールで、入浴は最低週二回って決まってるの！　奥さんからもきっちりお風呂に入れてくださいって頼まれてるんだから、心配かけちゃ駄目よー！」

奥さん、という単語を出した途端に川口さんが黙り込む。渋い顔をしたまま立ち上がると、「早く済ませろ」と言い残して手すりを伝ってトイレに行った。

「まったくあの人は困ったもんだねぇ。いつもああやってごねるんだから」

松井さんが腰に手を当ててため息をついた。一連の会話を呆気に取られて見ていた俺はようやく我に返った。

「あの、松井さん、今のは……？」

「ああ、あれ？　川口さんって家にいたときからお風呂嫌いだったらしくて、いつもああやって拒否するんだよね」

「そうなんですか。お風呂ってみんな入りたがるもんだと思ってましたけど」

「入浴拒否はたまにあるよ。着替えるのが面倒くさいとか、冬だと脱衣室が寒くて嫌だとか言っててね。介助よりああいう人を宥《なだ》める方が大変だね」

ベテランの松井さんでさえもそう言うのだから相当大変なのだろう。さっきだって、俺一人だったら心が折れて引き返していたかもしれない。

「まぁ、川口さんの場合は奥さんの話したら大人しくなるから。後は本人の気が変わらないようになるべく速く済ませること。というわけでさっさと準備しようか」

「はい……」

速くと言われても、慣れていない以上どうしたって時間はかかる。浴室でどれだけ川口さんを苛立たせるかを想像すると、俺はまたしても気分が重くなってきた。


歩行器を使う川口さんを、俺と松井さんで挟むようにして浴室まで案内する。着替えは自分でさっさとしてくれたので介助の必要はなかった。浴室まで移動する際に腰を持とうとすると、「余計なことはしなくていい」とぴしゃりと言われてしまったので後ろで見守るに留める。変な緊張感があるせいで余計に汗を掻いてしまった。

浴槽を跨ぐときはさすがに怖いので腰を持たせてもらった。川口さんもそのときは拒否しなかった。まず片足を浴槽に入れ、浴槽の縁に腰かけてからもう片方の足を入れる。どこかで滑るのではないかと冷や冷やしたが、何とか無事に入れてほっとした。

「入ってる間は外に出てくれ。人に見られてると落ち着かん」

入浴中の五分をどう持たせようか考えていると川口さんが言った。俺はラッキー、と思いかけたが、すぐに松井さんから浴室内にいるよう言われたことを思い出した。

「あ、えっと、湯船浸かってる間も一応中にいることになってるんですけど」

「わしにはそんな気遣いは不要だ。早く出てくれ」

「でも、もし見てない間に溺れたら……」

「わしはそこまで耄碌《もうろく》しとらん。さっさと一人にしてくれ」

そこまできっぱり拒絶されると返す言葉もなく、俺はすごすご浴室を出た。脱衣室で待機していた松井さんに事情を説明すると「まぁ、あの人の場合はしょうがないね」とあっさり了承してくれた。

「でも本当に大丈夫ですかね？　もし一人で湯船から出て転倒したら……」

「うーん、出るときは音がするし、すぐに中入れば間に合うけど、どっちかっていうと溺れてないかが心配だね」

「ですよね。やっぱり中入っておいた方がいいんでしょうか？」

「本当はその方がいいけど、あの人の場合、それすると次から入らんって言い出しかねないからねぇ……。なるべく外で聞き耳立てておくしかないかな」

さすがの松井さんも川口さんには手を焼いているらしい。浴室で気まずい時間を過ごすのと、脱衣室で肝を冷やしながら待つの、どっちがマシなんだろうと思いながら俺は浴室の引き戸に片耳を当てた。

その後、三分くらいしたところで川口さんから呼ばれて俺は浴室に入った。声がした時点で溺れていないことはわかっていたが、それでも生きている姿を見るとほっとする。出るときも入るときと同じく慎重に浴槽を跨ぎ、それから手すりを持って脱衣室まで歩いてもらった。ほんの短い距離なのに、見ている方はものすごい緊張感がある。

松井さんが浴室の掃除をしてくれたので、俺は川口さんの着替えを手伝うことにした。といっても歩行以外は自立なので、着替えも見守るだけだ。

「あの、川口さん、お風呂気持ちよかったですか？」

沈黙に耐えきれずにそろそろと話しかける。川口さんは鋭い目で俺を見た後、「まあな」とだけ答えた。不慣れな介助に文句を言われずにほっとする。

川口さんはあっという間に着替えを済ませ、髪も自然乾燥でいいと言われたのでそのまま居室に送っていくことにした。ベッドに座ったのを確認してから「失礼します」と言って居室を出て行こうとする。

「お前さん、何故この仕事をしとるんだ？」

川口さんが不意に尋ねてくる。俺は立ち止まって振り返った。

「え？　何でそんなこと聞くんですか？」

「お前さんみたいな若い男が、好き好んで人の世話なんてせんだろう。何故わざわざこんな仕事をしとるんだ？」

「それは……」

どう答えたものかわからずに口ごもる。それを見て川口さんは何かを察したのか「世話になる立場の人間が訊くことじゃないな」と言い、それ以上追及しようとしなかった。

何となく気まずい雰囲気になり、俺はもう一度「失礼します」と言って居室を出た。


浴室に戻る途中も、俺は煮え切らない気持ちを引き摺っていた。川口さんは何であんなことを訊いたんだろう。俺の気持ちが態度に出ていたのだろうか。

「あの、松井さん、俺ってどんな風に仕事してるように見えますか？」

機械浴の準備を終え、談話室に村上さんを迎えに行く途中で俺は尋ねた。松井さんが不思議そうに俺を見つめてくる。

「どんなって、別に普通だと思うけど。やることはきっちりやってくれてるし」

「あ、えっと、仕事ぶりじゃなくて態度の方です。楽しそうとか、淡々としてるとか……」

「まぁ楽しそうではないねぇ。仕事って割り切ってやってる感じかな」

「やっぱりそう見えるんですね……」

内心を見透かされて肩を落とす。楽しさや明るさを装っていたわけではないが、いざ言い当てられると自分が小さな人間のように思えてくる。

「でも入浴介助やってると思いますけど、ヘルパーってやっぱりコミュニケーション能力いりますよね……。俺、会話下手なんで向いてない気がします」

つい本音が零れる。「そんなこと言っちゃ駄目よー！」とか冗談交じりに言われるかと思ったが、意外にも松井さんは真面目な顔で言った。

「私は別に口下手なヘルパーがいたっていいと思うけどねぇ。それより介助をきっちりしてくれる方が大事だと思うけど」

「でも利用者さんだって、どうせなら話上手な人に介助してもらいたいんじゃないですか？　俺、杉山さんとも山根さんとも何話していいかわからなかったですし」

「そうかな。大石君、あの人達が着替えてる間に話しようとしてたじゃない。そうやって話してみようっていう姿勢があるだけでも十分だと思うけどねぇ」

「そうでしょうか……」

休憩室で会った美南ちゃんの様子を思い出す。利用者さんとの関わりを心から楽しんでいるあの子の姿を見るたび、どうして俺はああなれないんだろうという気持ちがどこかで燻《くすぶ》っている。どうせ半年で辞めるんだから開き直ってしまえばいい。そう思う一方で、どこかで釈然としない自分がいるのも事実だ。

会話が途切れたまま談話室に到着する。村上さんの車椅子はいつものようにテレビの前に陣取っていた。

「村上さんお風呂入るかなぁ。こないだ井上君が入浴担当だったんだけど、あの人すごい勢いで拒否したんだよねぇ。その日は潘ちゃんがいたから、潘ちゃんが代わりに入浴行ってくれたんだけど、今日はどうかな」

「村上さん、お風呂嫌いなんですか？」

「お風呂っていうより人の好き嫌いが激しくて。特に若い子を嫌がるみたいね」

だったら俺なんて絶対無理だろ、と思いながら俺は村上さんに近づいていった。テレビの音声が途切れたタイミングで恐る恐る声をかける。

「あの、村上さん、お風呂行きませんか？」

いつもなら間髪を容れずに「いらん」と返事があるところだが、今日の村上さんは無言のまま横目で俺を見た。茶色いレンズの眼鏡の奥からじっと見つめてきた後で尋ねる。

「お前が入れるんか？」

「あ、はい。松井さんも補助で入りますけど」

俺の後ろに立っている松井さんを手で示しながら答える。村上さんはしばらく考えた後、おもむろに車椅子のハンドリムを動かして自分で漕ぎ出した。自走《じそう》というやつだ。そのまま動いてテレビに背を向けたので、俺はびっくりしてしばらく硬直した。

「よかったね大石君、村上さん、入ってくれるみたい」

松井さんが笑って肩を叩いてくる。俺は頷いたが、村上さんに拒否されなかった理由がさっぱりわからなかった。

「村上さんはオムツだから、そのまま脱衣室に行って外せばいいよ。私が着替え用意して持って行くから、大石君は先にバイタル測っておいて」

「……わかりました」

当惑を隠しきれないながらも「血圧と体温測りますね」と村上さんに声をかける。村上さんは自走を止めて大人しく腕を差し出してくれた。怒鳴りながら拒否されることを覚悟していたのに何も起こらず、俺は拍子抜けしながらバイタルを測った。

バイタルには問題なかったので、そのまま機械浴の浴室に村上さんを誘導した。遅れて松井さんが着替えの入った籠を持ってやってくる。村上さんに麻痺はないので着患脱健は意識しなくてよかったが、それでも更衣には苦労した。

「村上さんは立位取れないから、移乗はやり方がちょっと違うんだ」

村上さんがオムツだけになったところで松井さんが言った。機械浴の浴室は広いものの、大柄な村上さんとふくよかな松井さんが一緒にいると狭く感じる。

「二人介助で、一人が抱えて、もう一人がオムツを外してチェアーを持ってきて座ってもらう。抱えてる時間が短くなるようにテープは先に外しておくといいよ」

「わかりました。でも今は松井さんが付いていてくれてるからいいですけど、普段は一人で介助するんですよね。そういうときはどうすればいいんですか?」

「移乗のときだけナースコールで呼んでくれればいいよ。近くにいる人が誰か来てくれるから」

松井さんが壁に設置されたオレンジ色のボタンを指差しながら言う。このナースコールは利用者さんの居室にもあり、押せば事務所とつながるようになっている。それなら安心だと思う一方、いざ人を呼びつけるとなると気を遣いそうだなと思った。

「じゃ、私がオムツ抜くから、大石君は抱えてくれる?」

「わかりました。村上さーん、僕の背中持ってくださーい」

声をかけると村上さんは素直に背中に手を回してくれた。そのまま「せーの!」と言って重心を自分の方に預ける。移乗のときは持ち上げるのは一瞬だが、こうして抱えたままでいると体重がずっしり感じられる。あ、これキツいと思ったものの、すかさず松井さんがチェアーを持ってきてくれたので事なきを得る。

「後は山根さんと一緒ね。村上さんは麻痺ないから、身体も自分で洗ってもらってる。まぁ背中とか頭とか、洗いにくいところはこっちで洗ってるけどね」

「わかりました。えっと、村上さん、頭洗っていいですか？」

村上さんが俺の方をちらっと見る。てっきり何か言われるかと思いきや、三秒くらい俺の顔を見てから頷いただけだった。そのまま顔を正面に戻したが、何となくいつもと顔つきが違う気がする。普段は常時しかめっ面で口もへの字形なのに、今日は眉間に皺が寄っておらず、口角も心持ち上がっている。どうしてだろう。実は風呂好きだったとか。よくわからないが、とりあえず何事もないうちに早く入浴を済ませてしまおう。俺は気後れしながらもシャンプーを自分の手にプッシュした。

その後、松井さんがやっていたことを一つ一つ思い出しながら俺は必死に介助をした。洗ったのは背中や足先、それに臀部などの手が届きにくいところ。洗うときは力を抜いて、順番は末梢から中枢。臀部を洗うときはさすがに嫌がられるかと思ったが、村上さんはそこでも何も言わなかった。この人本当にどうしたんだろう。まさか喋れなくなったんだろうかと心配になりながら俺は臀部を洗った。

「村上さんがこんなに大人しいなんて珍しいねぇ。いつも大体怒ってるのに」

チェアーを機械にはめ込み、お湯を溜めてジャグジーまで設定したところで、脱衣室にいる松井さんが意外そうに言った。村上さん本人が聞いたら怒りそうだが、距離があるのとジャグジーの音がしているので本人には聞こえていないはずだ。

「松井さんから見ても珍しいんですか。村上さんが大人しいのって」

「私相手だとそうでもないけど、井上君のときはすごかったから。あの子が無理やり車椅子動かそうとしたら、『勝手に触るな』とか言ってすごい剣幕で怒り出して。だから若い子が嫌いなんだと思ってたんだけど」

「俺もちょっと前までは似たような感じでしたよ。何言っても『いらん』って言われて」

「急にどうしたんだろうねぇ。大石君、何か心当たりないの？」

「特に何も……。あ、いや、そういえば先月、村上さんの排泄介助したんですけど、パッド替えてる途中で排尿があったんですよ。ズボンとかラバーも濡れたから全部替えたんですけど、そのとき村上さん謝ってきたんですよね……。その後で俺も謝って更衣したんですけど、あのときのことまだ気にしてるのかな……」

だとしたら申し訳ない話だ。利用者さんに気を遣わせてしまうなんてやっぱり俺はヘルパーに向いてない。そう思っていると松井さんが意外なことを言った。

「そうかな。私は逆に、それで大石君のこと気に入ったんじゃないかと思うけど」

「え、何でですか？」

「ちゃんと謝ってくれたから。それで自分のこと考えてくれてるって思ったんじゃないかな」

「でも元々は俺がミスしたせいなんですよ？　ちゃんとパッドで尿受けたら、あんな長時間介助することもなかったのに……」

「まだ慣れてないし失敗するのはしょうがないよ。村上さんだってその辺りはわかってくれてると思うけど」

「うーん、ただ俺、あのとき正直かなり嫌だったんですよね。何でこんな面倒くさいことしないといけないんだって思って。でもヘルパーだったら、全更衣とかあっても嫌だとか思っちゃいけないのかなって……」

「それもしょうがないんじゃない？　私らだって聖人じゃないから、腹立つこともあれば文句言いたくなることもあるよ」

「松井さんでもですか？」

「そりゃそうよ！　さっきの川口さんだって、勝手なこと言ってるなって思ったよ！」

確かにこれまでも松井さんが利用者さんを叱りつける場面はあった。でもその口調はいつも冗談っぽくて、だから俺もじゃれ合いみたいなものなんだろうと思っていたのだが、中には本気で怒っていたこともあったのだろうか。

「あの……松井さんって、何でヘルパーになろうと思ったんですか？」

俺は少し迷ってから訊いた。先月、井上君にも同じ質問をして、あのときは「他に仕事がないから」というにべもない答えが返ってきただけだった。でも、十八年もヘルパーを続けている松井さんならそれなりの理由があるんだろう。俺はそれを知りたかった。

「何でかって？　もうかなり前のことだからあんまり覚えてないけど……きっかけは結婚して前の仕事辞めたことだったかな」

松井さんが話し始める。俺はタイマーを気にしつつ松井さんの話に耳を傾けた。

「最初は専業主婦しながら子育てしてたんだけど、子どもに手かからなくなってから家でじっとしてるのが嫌になって。それでパート始めることにしたんだよ。最初はスーパーのレジ打ちしてたんだけど、私お金扱うのが苦手でねぇ。何回もミスして辞めちゃったんだよ。で、何か他の仕事ないかなって探してたときにヘルパーの求人見つけて。未経験でもいいって書いてあったから応募したんだったかな」

「実際やってみてどうでした？」

「自分には合ってるって思ったよ。人と話すのも身体動かすのも好きだし、オムツ替えるのもお風呂入れるのも子育ての延長みたいなもんだからね。まぁ勝手なこと言われたら腹立つこともあるけど、大きい子どもだと思ったらそんなに気にならなかったよ」

「そうですか……」

何となく予想はしていたが、前向きな答えを聞いて気持ちが萎んでいく。やっぱり俺や井上君みたいにやる気のない人は少数派で、大半のヘルパーは松井さんみたいに好きでこの仕事をしているんだろう。利用者さんだって、どうせなら好きで仕事をしている人に介助をしてほしいはずだ。俺みたいに嫌々続けてる奴じゃなくて、もっとちゃんとした気持ちで働いてるヘルパーに。

「松井さんはすごいですよね。こんな大変な仕事十八年も続けて……。俺、絶対そんなに続けられる気がしないです」

「最初から長く続けようと思ってたわけじゃないけど……大石君はこの仕事嫌なの？」

「……はい」

迷ったが、ここは正直に答えた。怒られるかもしれないが、それでも言わなければいけないと思った。内側から苦いものが込み上げてくるのを感じながら、それを飲み下すようにして口を開く。

「入社する前から仕事内容はわかってましたけど、実際やるとやっぱり嫌だって気持ちがどんどん大きくなってきて、すぐ辞めようって考えたことも何回もあります。教えてもらってるくせにこんなこと言っちゃ駄目だと思いますけど……」

それでも本心を打ち明けたのは、相手が松井さんであることに加えて、自分の中でのもやもやが一人で抱えきれないくらいに膨らんでいるからかもしれない。自分はヘルパーに向いておらず、そんな人に介護をされても利用者さんが気の毒だと思う一方で、辞めるまでの半年間さえも仕事を頑張る気になれない。そんな自分の中途半端さにいい加減嫌気が差しているのかもしれない。

松井さんは何も言わなかった。どう反応すればいいか困っているのかもしれない。そこでちょうど機械浴のタイマーが鳴ったので俺は慌てて排水した。村上さんは相変わらず何も言わない。ジャグジーの音で俺達の会話は聞こえていなかったと思うが、それでも辞めたがっているヘルパーに介助されていると知ったらいい気はしないだろう。やっぱりすぐに辞めた方がいいかもしれない、と思いながら俺はチェアーを引き抜いた。

それからの介助は恙《つつが》なく済み、談話室に村上さんを誘導したときには十五時半を回っていた。ちょうどレクが終わったところらしく、談話室に集まった利用者さんがおやつを食べている。この時間に入浴をするとレクには参加できなくなってしまうが、村上さんはレクには興味がないようなので特に問題はない。

「大石君お疲れさま。はい、しっかり水分摂ってよ」

松井さんが紙コップに入れたコーヒーを俺に出しながら言った。このコーヒーは利用者さん用だが、「潘ちゃんがいないから内緒で」とこっそり分けてくれたのだ。

「一日入浴で疲れたでしょ？　四時までゆっくりしたらそのまま上がっていいよ」

「あ、はい。いろいろ教えてもらってありがとうございました」

「ううん。いいのいいの。私も半分やってもらって楽できたから」

松井さんが鷹揚《おうよう》に言ってひらひらと片手を振る。いつもと変わらないおおらかさだが、それだけに愚痴を零してしまったことが余計に申し訳なかった。

「……あの、松井さん、さっき言ったこと、他の人には言わないでもらえますか」

「さっき言ったことって？」

「俺が辞めようって考えてることです。別に今すぐどうこうしたいわけじゃないですし、教えてもらったことはちゃんとできるようにしますから……」

半年で辞めること自体は決めている。だけど、こんな中途半端な状態であっても、俺を育てようとしてくれる施設の人達に迷惑をかけることはしたくなかった。介護の仕事は好きになれなくても、アライブ矢根川の職員が嫌いなわけじゃない。

「うん、言わないよ。あとさ大石君、そんなに重く考えなくていいんじゃないかな」

「え？」

きょとんとして松井さんを見返す。松井さんはいつになく真面目な顔で続けた。

「大石君はさ、自分がヘルパーに向いてないって思ってるみたいだけど、私からしたら大石君はちゃんとヘルパーしてるよ。だからそんなに気にしなくてもいいと思うんだけど」

「……何でそう思うんですか？」

「だって大石君、教えたことちゃんと守ってくれてるし、わからないことは訊いてくれるでしょ？　それに利用者さんともちゃんとコミュニケーション取れてるし」

「そうですか？　俺、松井さんみたいに喋るの上手くないですけど……」

「コミュニケーションって自分が喋るだけじゃないから。相手の話を聞いて、気持ちを受け止めることも立派なコミュニケーションよ。大石君、そっちはちゃんとできてるんじゃないかな？　だから村上さんもお風呂入ったんだと思うし」

本当にそうなのだろうか。答えを求めるように村上さんの方を見たが、相変わらずテレビを凝視しているので目を合わせてくれることはなかった。

「それにね大石君、私だって何回も辞めたいって思ったよ。実際ここで働くまでにも五、六回は辞めてるし」

「え、そうなんですか⁉」

「うん。介護施設ってどこも人手不足だから、辞めても転職しやすいんだよ。それでいろんなとこ転々としてたらいつの間にか十八年経ってただけで、最初からこの道一筋みたいな気持ちでいたわけじゃないから。だから大石君ももっと気軽に考えなよ！」

「気軽に、ですか？」

「そうよー！　ヘルパーが難しい顔してたら利用者さんも嫌でしょ？　だからもっと楽にして、仕事楽しむくらいの気持ちでいればいいから！」

松井さんが豪快に笑って俺の背中を叩く。叩かれた勢いで手に持ったコーヒーが零れそうになったので慌てて啜った。コーヒーが喉を通り過ぎ、口の中が潤っていく。

確かに俺はあれこれ考えすぎなのかもしれない。目の前に相手がいるから変にいろいろと悩んでしまうが、どうせ半年経てばみんな関係なくなるのだ。だったら松井さんの言うとおり、何も考えずに『気軽に』毎日を過ごした方がいい。ただしそれは仕事を楽しむとかいう話じゃなくて、あくまで辞めるまでの時間を稼ぐという意味だ。松井さん達を裏切るような真似をするのは心苦しいが、この仕事が好きになれない以上仕方がない。

経過表を記入する松井さんの大きな背中を見つめながら、俺はぬるいコーヒーを啜った。砂糖はたっぷり入っているのに、コーヒーはなぜか苦い味がした。

その後、更衣室でいつものポロシャツに着替えた俺は、濡れたTシャツと短パンをビニール袋に突っ込んだ。明日は休みなので、家に持って帰って洗濯をする。次の入浴当番は三日後なのでそのときまでには乾くと思うが、連日入る場合は乾かすのが間に合わないかもしれない。もう一着買っておいた方がいいんだろうかと思いながら俺は更衣室を出た。

そのまま詰め所に戻ろうとしたが、休憩室の冷蔵庫にペットボトルを入れっぱなしであることを思い出し、忘れないうちに取りに行こうと一階に下りた。この時間なら誰もいないだろうと思いながら引き戸を開けると、意外にもそこには人がいた。美南ちゃんだ。さっきも見た水色のTシャツに白いショートパンツという服装のまま、入口に背を向ける格好で冷蔵庫の傍に立っている。また生脚に目が行きそうになるのを俺はぐっと堪えた。

「ああ美南ちゃん、お疲れ。もう入浴終わったの？」

何気ない調子を装って尋ねたが、美南ちゃんの返事はない。聞こえなかったのかなと思いながら、傍を通って冷蔵庫からペットボトルを取り出す。そのまま扉を閉めてもう一回美南ちゃんの方を見たが、そこで目を丸くした。美南ちゃんが泣いていたのだ。

「み……美南ちゃん？　どうかした？」

昼間ここで会ったときはあんなに元気そうだったのに何があったのだろう。俺が困惑していると、美南ちゃんはようやく俺の方を向いてくれた。目が真っ赤になっている。

「わ……私……、さっき、小倉さんの入浴介助して……」

「小倉さんって、三階の利用者さん？」

「うん。男の人で、機械浴なんだけど……。ちょっと、変だなって思うところがあって……」

「変？」

「うん……。小倉さんって足は悪いけど手は使えるの。だから身体も自分で洗えるんだけど、なぜかその、私に陰部を洗ってほしいって言って……」

話の雲行きが怪しくなってきた。俺は眉を顰《ひそ》めて話の続きを待った。

「そのときから変だなとは思ってたんだけど……調子が悪いのかなって思って洗ったの。そ、そしたら今度は……、か、身体近づけたときに……、胸、触られて……」

唐突に事態を理解する。美南ちゃんはセクハラに遭ったのだ。

「ちょっと待って。それ、他の職員に言ったの？」

「ううん、言ってない……」

「何で⁉　早く言わなきゃ駄目じゃん！　それ完全にセクハラだよ！」

「で、でも……たまたま当たっただけかもしれないし……」

「いや絶対狙ってやってるって！　そもそも手使えるのに陰部洗わせる時点でおかしいって！」

「でもホントにちょっとだけだから、そんなに騒ぐことじゃないかなって……」

「んなわけねぇだろ！　大問題だろ！」

思わず大きな声が出る。美南ちゃんが困った顔になって入口の方を見た。騒ぎを聞いて誰かがやってくるのではないかと心配しているのかもしれない。こんなときまで自分のこと後回しにしなくていいだろと俺は無性に腹が立ってきた。

さらに問い詰めたくなるのをぐっと堪え、俺は低い声で美南ちゃんに尋ねた。

「……何号室？」

「え？」

「その小倉さんって人。三階の何号室？」

「さ、三〇八号室だけど……大石君？」

聞いた瞬間、俺はペットボトルを放り出して休憩室を飛び出していた。エレベーターを待つ時間ももどかしく階段を駆け上がる。問題の居室を見つけると乱暴にドアをノックし、返事も聞かずに引き戸を開けた。

「失礼します、小倉さんですよね？」

ずかずかと部屋に踏み込みながら車椅子に乗った男性に尋ねる。小倉さんは大柄な男性で、太い眉毛や角ばった顎、口角の下がった口元が怖い印象を与えた。

「そうじゃが、誰じゃお前は？」

「二階のヘルパーの大石です。鮎川さんの同期です」

「あゆ……？」

「さっきあなたの入浴介助した若い女性のヘルパーですよ。あなたその子にセクハラしたんですよね？」

「はぁ？　何を言うとるんじゃお前は。いきなり人の部屋入ってきて訳わからんことぬかしおって」

「訳わからんじゃないでしょう。美南ちゃんはそのせいで泣いてたんですよ⁉　利用者だったら何してもいいって思ってるんですか⁉」

「だから知らん言うとるじゃろう！　言いがかりもええ加減にせえ！」

広島弁で捲《まく》し立ててくる小倉さんはかなりの迫力があるが俺も負けてはいられない。さらに文句を言ってやろうとしたところで背後から声が飛んできた。

「ちょっと大石君!?　何やってるの!?」

言いながら大股で入ってきたのは潘さんだ。何でここに？　夜勤明けで帰ったんじゃなかったのか？　驚いた俺は咄嗟に言葉を呑み込み、すかさず小倉さんが言った。

「こいつがいきなり部屋に入ってきて、わしがセクハラしたとか抜かしおったんじゃ。証拠もないのに勝手なこと抜かしおって、ヘルパーの分際で生意気じゃのう」

俺を指差しながら言った小倉さんの態度には全く悪びれた様子がない。その態度に俺の怒りがまたしても爆発した。

「ヘルパーの分際って……何でそんな見下されなきゃいけないんですか!?　美南ちゃんはあんたに喜んでもらいたくて頑張って介護したんですよ！　なのにあんたはそれを利用してセクハラして……！」

「だからしとらん言うとるじゃろう！　これ以上言うなら出るとこ出てもええぞ！」

上等だ、どこでも出てやるよと売り言葉に買い言葉を投げつけようとしたが、そこで潘さんに腕を引っ張られた。俺が何か言うより早く潘さんが小倉さんに頭を下げる。

「お騒がせしてすみません。とにかく一旦引き揚げます」

「当然じゃ。客に文句をつけるとは、最近のヘルパーは態度がなっとらんのう」

車椅子にふんぞり返ってそんなことを言う小倉さんを俺は殴りつけてやりたくなったが、

潘さんに強く腕を引っ張られたので何とか自制した。そのまま居室を出て洗濯室まで連れて行かれる。

「大石君、何があったか説明してくれる？」

詰問口調で潘さんが尋ねる。よく見ると潘さんは私服だった。女性用更衣室は三階にあるので、忘れ物でも取りに来て、帰りに騒ぎを聞きつけたのかもしれない。

俺は美南ちゃんの一件を潘さんに話した。潘さんはいつも以上に険しい顔をして話を聞いていたが、全部を聞き終えると呆れ顔で息をついた。

「大石君、そういうときはまず職員に相談して。あんな風にいきなり怒鳴り込みに行ったらトラブルになるだけだから」

「でも潘さんも見たでしょあの態度！　自分はやってないって言い張って、しかもあからさまにこっちのこと見下して！　金払ってるからってあの態度はないでしょ⁉」

「それでもお客様であることは事実だから、あたし達はそれを踏まえた上で、冷静に対応を考えなきゃいけないの。勝手なことされたら問題がこじれるだけだよ」

「だからって……！」

人を食ったような小倉さんの態度を思い出す。あんな横柄な態度を取られてもヘルパーは黙って介護を続けなきゃいけないのか。身体を触られてもじっと我慢して、何もなかったように笑顔を振りまいて――。そんなの絶対におかしい。

俺の憤りが顔に出ていたのだろう。潘さんはため息をついて言った。

「……あの小倉さんって人、違う施設から移ってきたんだけど、前のとこでも同じようなことがあったらしいんだ」

「同じようなって、セクハラですか？」

「そう。だから鮎川さんのことも心配してたんだ。ああいう若い子って真っ先に狙われるから。だから入浴も外した方がいいって三階のフロア主任に言ったんだけど、聞いてもらえなくて。それで結局同じこと繰り返しちゃったのかな……」

俺は目を丸くして潘さんを見つめた。フロアが違う美南ちゃんのことを、潘さんがそこまで気にかけていたことが意外だったのだ。

潘さんはしばらくむっつりしていたが、やがて低い声で話を続けた。

「……ヘルパーへのセクハラは今に始まったことじゃない。移乗のときは身体密着させるし、入浴のときはこっちも薄着になる。だからそういうことが起こりやすい職場だってことは事実。でもそれは絶対あっちゃいけないことなんだよ。あたし達がやってるのは介護で、風俗やってるわけじゃないんだから」

俺は強く頷いた。だが潘さんはなぜか顔を曇らせた。

「でもね、施設の中には、そういう事実を知っても何もしてくれないところもあるんだ。ちょっと触られるくらいよくあることだから我慢しろって言ってね。もっとひどいとこだと、経営してる側がヘルパーの身体使わせようって思ってることもある」

「そんなことあるんですか？」

「あたしが前勤めてた施設で会社全体の忘年会があったんだけど、そこで役員が言ってたんだよ。水着で介護させればいいって。意味わかる？」

嫌すぎるほどにわかって俺は顔をしかめた。潘さんが深々とため息をつく。

「まぁ、飲み会の席での話だから本気じゃないとは思うよ。でもそういう発言をするってことは、どっかで介護の仕事を下に見てるってことだよね？　介護施設を運営してる役員がそういう考えなんだから、世間じゃもっとこの仕事は下に見られてるんだと思う。だから余計にセクハラとかも起きやすいのかもしれない」

潘さんが険しい顔で拳を握りしめる。俺はその様子を見つめながら、井上君が前に言っていた「底辺」という言葉を思い出していた。風俗にしても介護にしても、本人の意思がどうであれ世間的には底辺の仕事として扱われる。俺自身、この仕事を好きになれないのは自分が底辺と思われたくないからだ。だけど、潘さんの話を聞いた今となっては、そういう考え方をしていること自体がひどく恥ずかしいことのように思えてくる。

会話が途切れ、洗濯機ががたごとと揺れる音が室内に響く。その無機質な音をしばらく聞いた後、俺は思い切って潘さんに尋ねた。

「あの、潘さん。潘さんはどうしてヘルパーになろうと思ったんですか？」

質問が唐突に思えたのだろう。潘さんが怪訝そうに目を細める。俺は続けた。

「俺、ずっと不思議だったんですよね。介護の仕事ってキツいし汚いし時間も不規則だし、おまけに世間の評価も低いし、はっきり言ってやるメリットないと思うんです。でも潘さんはその仕事を十年も続けてる。何でなんですか？」

介護は受ける人のことを考えてするもの、と言った潘さんの言葉を思い出す。この人がヘルパーを厳しく指導するのは、それが利用者さんのためになると信じているからだ。でも、どうしてそこまでこの仕事に熱心になれるのか、いくら考えてもわからなかった。今まではそれを面と向かって聞く勇気は出なかったが、今、この雰囲気なら聞ける気がした。

「……あたしね、こう見えて昔はＯＬだったんだよ」

潘さんが不意に言った。俺は目を丸くして潘さんを見返した。

「新卒で入った会社だったんだけど、昔ながらの男尊女卑的な雰囲気があって、女はコピーとかお茶汲みとか簡単な仕事しかさせてもらえなかったんだ。飲み会だと当たり前みたいにお酌させられて。そういうのはおかしいって上に抗議したんだけど、そしたら煙たがられちゃって。そのうち居づらくなって会社辞めたんだ」

「そうだったんですか……」

潘さんがＯＬだったというのは意外だが、上に抗議したという話は納得できた。当時から違うことは違うとはっきり言うタイプだったのだろう。

「その後でまた別の会社に転職したんだけど、そこでも上司と揉めて辞めて。あたし会社員向いてないのかなって思ったときに知り合いから介護の仕事紹介されたんだ。だから最初はたまたまだったんだよ」

「なんか意外ですね。今こんなにバリバリやってるのに」

「まぁね。この仕事の良さがわかったのは実際働き出してからだったかな。女性でもしっかり働ける職場だし、人の役に立ってるのが実感できて嬉しかったから。だから続けていきたいとは思ってたんだけど、その矢先にさっき言った忘年会で例の話聞いて。それで幻滅して辞めたの」

「その後でうちに来たんですか？」

「ううん。間にもう一つ別の施設挟んでる。そこもろくな施設じゃなかったよ。それこそヘルパーへのセクハラなんて日常茶飯事だったし、ヘルパーも諦めてる感じだった。でもあたしはそういうの許せなくて、何とかしてなくしたいって思って施設長に言ったんだけど無視されて……。そのときは本当に悔しかったよ。こっちはプライド持って仕事してるのに、何でこんな扱い受けなきゃいけないんだってね」

潘さんが拳を握る力を強める。それを見て俺はふと、潘さんも同じようなセクハラ被害に遭ったことがあるのかもしれないと思った。

「そのときに思ったんだ。今の日本じゃヘルパーはどこに行ってもろくな扱いを受けないけど、それじゃ絶対にいい介護なんてできない。いい介護をするためには、まずはそれをする職員が大事にされなきゃ駄目。だからあたしはいつか施設長になって、自分だけの施設を作ろうって決めたんだ。ヘルパーがセクハラに遭う心配なんかしないで、仕事に誇りを持って働ける施設をね。それから上を目指すために介福取って主任になった。ま、それでも施設長とは反りが合わなかったから、結局三年ちょっとで辞めちゃったけどね」

「じゃあ、その後でうちに？」

「うん。最初の二つが外れだったから、正直期待してなかったんだけどね。でも郷田施設長と話してみて、この人は今までの施設長とは違うってことがわかった。現場にも協力的だし、何よりヘルパーのことちゃんと考えてくれてる。あの人自身がヘルパーからの叩き上げっていうのが大きいんだろうけどね」

「確かに郷田さんはいい人ですよね。俺のことも気にかけてくれますし」

「そうでしょ。あの人は昔からそうで、ヘルパー一人一人をすごく大事にしてくれるの。だから鮎川さんのこともきちんと対応を考えてくれるはず。あたしが相談してって言ったのはそういう意味なんだよ」

ようやく潘さんの言わんとすることが腑に落ちた。潘さんも郷田さんも、利用者さんだけでなく職員のことも真剣に考えてくれていた。だから今回の件だって、もっと理性的に解決することもできたはずだ。それをぶち壊しにしてしまったのは俺の責任だ。

「……すいません。勝手なことして」

俺は深く項垂《うなだ》れた。自分の軽率な行動が今さらながら恥ずかしかった。

「もういいよ。済んだことだから。この件はあたしから施設長に報告しとくから」

「でも潘さん時間外ですよね？　俺から言っときますよ」

「こういうことは上の立場の人間から言うものなんだよ。自己判断で動いたことは注意されるかもしれないけど、それ以上のことはないようにするから安心して」

「わかりました。すいません、迷惑かけて……」

「いいよ。それよりもう四時過ぎてるよ。今日早出でしょ？　上がっていいよ」

それだけ言い残して潘さんは洗濯室を出て行く。勤務時間でもないのにその足取りはやはり颯爽としていた。

松井さんはもう帰ったらしく、詰め所にいた田沼さんに挨拶をしてから俺は上がることにした。事務所には潘さんも郷田さんもいなかった。美南ちゃんの件を相談しているのかもしれない。

何となくもやもやした気持ちを引き摺りながらも、これ以上自分にできることはないと言い聞かせて施設の外に出る。外はまだ明るいが、身体はぐったりとして重い。いろいろなことがありすぎたせいでいつもの倍くらい疲れていた。

「あ……大石君？」

ドアを背に数歩歩いたところで、後ろからおずおずと声をかけられる。振り返るとドアの脇に美南ちゃんが立っていた。もちろんTシャツとショートパンツではなく、ブラウスにフレアスカートという清楚な私服姿だ。

「あ……美南ちゃん。お疲れ。もう上がり？」

「うん。今日早出だったから……。大石君も？」

「うん。なんかいつもの倍くらい働いた気がする。一日入浴介助したせいかな」

言ってからまずい話題を出してしまったことに気づき、慌てて口を噤む。何か別の話題はないかと頭を働かせたが、それより早く美南ちゃんが言った。

「あ、実は私、そのことが気になってて……。大石君、あれから小倉さんの部屋に行ったんだよね？」

「あ、うん。途中で潘さん来たからすぐ出たけど」

「そうなんだ……。怒られなかった？」

「怒られたって小倉さんに？　それとも潘さんに？」

「どっちも……。なんか揉めてたみたいだから気になって」

それで心配して俺を待っていてくれたらしい。俺は恥ずかしさと申し訳なさで隠れたくなった。

「どっちからも怒られはしたけど、大事にはなってないから大丈夫だよ」

「ならいいんだけど……私のせいで大石君に迷惑かけたら嫌だったから」

「迷惑なんかじゃないよ。俺が勝手に動いたから悪いんだ」

「でも……やっぱり悪くて。私が我慢すればいいだけだったのに……」

美南ちゃんはまだそんなことを言っている。俺は息を吐き出してから言った。

「あのさ、美南ちゃん、そんなにいつも自分抑えなくてもいいと思うよ」

美南ちゃんがきょとんとして俺を見つめてくる。俺は続けた。

「美南ちゃんはいつでも利用者さんのこと大事にしてて、そういうとこは本当にすごいと思うけど、だからっておかしいって思うことまで我慢する必要なんてない。身体触られるとか論外だし、そういうことあったらすぐ拒否するなり、誰かに言うなりした方がいい」

「でも、向こうはお客さんだし、拒否なんてしちゃ失礼じゃない？」

「客だからって何でもしていいわけじゃない。俺達はあくまでヘルパーで、利用者さんの召使いじゃないんだから。何でも言うこと聞く必要なんてないんだよ」

美南ちゃんが神妙な顔になって黙り込む。俺は慌てて取りなした。

「ごめん。なんか偉そうなこと言っちゃったけど、要は俺、美南ちゃんのことが心配なんだよ。美南ちゃんって利用者さんのこと優先し過ぎて、何されても我慢しなきゃいけないって思ってるみたいに見えたからさ。でも、そんな風に何でもかんでも抱えてたらどっかで限界くるし、そしたら介護もできなくなる。さっき潘さんとも話してたけど、いい介護をするには、まずはヘルパーが大事にされなきゃいけないと思うんだ」

尊厳の保持、という言葉が頭に浮かぶ。あれは利用者さんだけでなく、ヘルパーのことも同時に想定した言葉なのかもしれない。何も知らない人からしたら、ヘルパーの仕事なんてキツくて汚くて、社会的な地位も低い底辺の仕事のように思えるのかもしれない。でも、だからといってヘルパー本人までもが自分を卑下する必要はないはずだ。俺達が介護をすることによって、助けられている利用者さんはたくさんいるのだから。

美南ちゃんは目を瞬《またた》かせて俺を見つめている。ちょっと格好つけすぎたかなと思って俺は目を逸らして鼻の下を掻いた。

「……ありがとう、大石君」

しばらく沈黙があった後、美南ちゃんが静かに言った。俺が視線を戻すと、美南ちゃんは憑き物が落ちたようにふんわりと微笑《ほほえ》んでいた。

「確かに私、自分のこと抑えすぎてたかもしれない。ヘルパーなんだから、自分のことより利用者さん優先しなきゃいけないって思って……。でも違うんだよね。まずは自分のこと大事にしないと、利用者さんだって大事にできないもんね」

自分に言い聞かせるように言って美南ちゃんが頷く。それから俺の顔を覗き込むようにして続けた。

「私、自分が嫌なこととかあんまり人に言っちゃいけないんだって思ってたけど、大石君のおかげでそうじゃないってことに気づけた。これからは気になったことあったらすぐ誰かに言うようにするね。だから大石君も、よかったらまた相談乗ってくれる?」

「う……うん、いつでも」

「よかった! でも本当にすっきりした気分。人に話すのって大事なんだね!」

そう言った美南ちゃんの笑顔はいつもの眩しさを取り戻していた。俺はその笑顔に見惚れながら、元気になってくれてよかったと心から安堵した。

「じゃ、帰ろっか。あ、そうだ大石君、よかったら今度ご飯行かない？」

「え、俺と？」

「うん。普段はなかなかゆっくり話せないし、今日のお礼もしたいから。次の初任者研修の後とかどうかな？」

「お……俺はいつでも」

「じゃあそうしよう！　お店探しとくね！」

ポニーテールを振りながら美南ちゃんが笑う。意外なところからご褒美をもらえて溜まっていた疲れが一瞬にして吹き飛んだ。

これ、もしかして脈ありってこと？　いやでも、同期なんだから飯くらい誘うか。でも研修の後ってことは夜だし、もしかしたら仕事以外の話もできるかも……。

そんな妄想を膨らませながら、いつもよりも明るく見える駅までの道のりを、俺は美南ちゃんと並んで歩いたのだった。

CARE 4　人生に、彩りを添えて

『あー、明日からの仕事やだなー』

『月曜来るたびに憂鬱になるよなー。週五日とか長すぎるだろ』

『朝起きるのマジでだるいわ。学生時代戻りてー』

日曜日の十九時。俺は高校時代の友人、テル、ヤス、ノブの三人とオンライン飲み会をしていた。最近はみんな仕事が忙しくてなかなか予定が合わず、集まる機会も減っていたのだが、八月に突入し、ようやく仕事が落ち着いてきたので久々に飲み会を開いたというわけだ。といっても、大半は三人が仕事の愚痴を垂れ流しているだけで、話に付いていけない俺は一人でちびちびとビールを飲んでいるだけだったのだが。

『何で社会人ってみんな揃って朝早いんだろうな。昼から出勤の仕事とかあってもいいのにさ』

『テレビじゃテレワークとか時差出勤とか言ってるけど、全然だよな。毎日普通に満員電車だし』

『朝とか眠すぎて仕事する気にならないんだよなー。どっかにないかなー夜型の仕事』

流れに乗る気にもなれずにぼーっとビールを飲んでいる俺だったが、ノブのその発言を聞いたところでジョッキを口に運ぶ手を止めた。少し迷った後、切りっぱなしだったマイクをオンにする。

「みんな大変だな。俺も明日仕事だけど、朝はゆっくりだよ」

『え、マジで⁉　朝何時起き？』

「特に決めてない。昼まで寝てても余裕で間に合うと思う」

『うわー何それ。社長出勤じゃん。でも何で？　フレックスとか？』

ヤスとノブがすぐさま食いついてくる。こいつらわざととぼけてるんだろうか。いやでも、五月に合コンをして以来会っていないから、俺の仕事を忘れていてもおかしくはない。

「フレックスじゃない。まぁシフト制ではあるけど」

『シフト？　あ、そういやお前の仕事って……』

「うん。介護。明日は夜勤なんだ。夕方四時からだからゆっくりなんだよ」

それまでやかましかった三人のお喋りがぴたりと止んだ。気詰まりな間が二、三秒続いた後、テルが『ああ、そういやそうだったな！』とことさらに明るい声を上げた。

『夜勤って何時まで？』

「次の日の十時」

『四時から十時ってことは……、え、十八時間勤務⁉　めちゃくちゃ長いじゃん』

「うん。でも二時間は休憩だから、実質十六時間だよ。二日分まとめて働く感じかな」

『はー……。にしても大変だな。仮眠とか取れんの？』

「うん。休憩二時間に仮眠も含まれてるから」

『ふーん。でも二時間じゃ寝た気しなそうだな』

『そもそも本当に寝れるのか？』

画面の向こうで首を傾げながら、ヤスが会話に割り込んできた。

『俺のいとこが病院で看護師やってんだけどさ、ナースコールがひっきりなしに鳴るから寝てる暇ないって言ってたよ。老人ホームもそんな感じじゃないの？』

「確かにナースコール何回も鳴らす人はいるみたい。でも俺が仮眠取ってる間は別の夜勤の人が待機してるから、その人が対応してくれると思うよ」

『そっかー。でもすごいよな、マサ』

今度はノブが言った。画面の向こうで何度も頷いている。

「すごいって、何が？」

『だって夜勤とか聞いただけで大変そうだし、よくやるなって思ってさ』

「っていっても明日が初めてだよ。だから正直あんまりイメージ湧いてない」

『でも夜働くってことはわかってるわけだろ？　生活リズム崩れそうだし、俺だったら絶対無理だわ』

『俺も俺も。夜勤とか聞いただけでお断りって感じ』

ヤスが便乗した。無理、お断り。そんな否定的な言葉を投げられるたびに胃の辺りがきゅっと縮こまるのを感じたが、ごまかすようにビールを流し込んだ。

そんな俺の心境など知らず、今度はテルが話し始めた。

『そもそも介護の仕事四か月も続けてる時点ですごいよ。俺だったら一週間で辞めてるわ』

『俺だったらそもそも受けてないな。やる前から大変なのわかってるし、わざわざ飛び込もうって思わないよ』

『だよなー。いや、ホントすごいわマサ。俺らの中で一番デキる男じゃね？』

ヤス、ノブがテルに続いて言う。好き勝手に盛り上がる三人とは対照的に、俺の心は冷める一方だった。無言でマイクをミュートに戻し、ついでにパソコンの音量も下げる。いっそルームから退席してしまおうかと思ったが、そこまで割り切れない自分が情けなかった。

誘いを受けたときから正直乗り気じゃなかった。四月の飲み会でも五月の合コンでも、自分と他の奴らを比べて惨めになるばかりだった。何であいつらはカッコいいスーツを着たオフィスワークをしているのに、俺はダサいポロシャツを着た現場仕事をしているんだと。あのときの惨めさを繰り返したくなかったのだが、ここで断って薄情な奴と思われるのも嫌だったので渋々参加した。

だけど、やっぱり止めておいた方がよかったかもしれない。会社員の愚痴あるあるに俺は付いていけないし、介護の愚痴あるあるに三人は付いてこられない。たまに話を振られたと思ったら今みたいにマウントを取られる。いや、もしかしたらマウントじゃなくて本気で称賛しているのかもしれないけど、俺からしたらどっちでも同じだ。要はこいつらと一緒にいても楽しくないってことなんだから。

ため息をついてカレンダーを見やる。今日は八月二日。明日は俺の誕生日だ。何が悲しくて誕生日を老人ホームで一晩過ごさなきゃいけないんだと思うが、まだ採用から半年経っていない俺は有休が使えない。二十三年間で一番憂鬱な誕生日になりそうだなと思いながら、俺はぬるくなったビールを啜った。

翌日、朝八時頃に目を覚まし、適当に時間を潰してから十五時前に家を出てアライブ矢根川に向かった。夜中まで起きていないといけない以上、もっと遅くまで寝ていた方がいいと思ったが、早出、日勤と続いていたので自然と早起きになってしまった。

ちなみに遅出は、朝十時から始まる遅出A勤務が先月から始まっている。九時前に家を出ればいいので通勤ラッシュにも巻き込まれず、帰りも二十時過ぎには家に着けるので俺としては一番楽だった。しばらく遅出だけでいいな、来月増えるとしても、十三時から勤務開始の遅出Bだろうと油断していたらまさかの夜勤を入れられていた。シフトを組んでいる潘さんに理由を聞くと、

「夜勤は入れる人が限られてるから。夜専《やせん》の人抜いたら二階はあたしと田沼さんしかいないんだよ。だから大石君にも早めに入ってほしくて」

と言われた。夜専というのは夜勤だけするパートさんのことで、二十二時から翌朝九時まで働く。社員よりも勤務時間が短い分、シフトを組むのにも苦労するらしい。だから社員で夜勤に入れる人を増やしたくて、俺にも早く夜勤を覚えてほしいということなんだろう。理屈としてはわかるが、遅出A、遅出Bと段階的に遅くなっていくものとばかり思っていた俺は不意打ちをくらった気分だった。とはいえ文句を言える立場ではないので、できあがったシフト表を恨めしげに見つめるしかなかった。

十五時四十五分くらいにアライブ矢根川に着き、事務所にいた野島さんや郷田さんに「おはようございます」と声をかけながら更衣室に向かう。夕方におはようって言うなん

て最初は変だと思ったが、自分が夜勤の人にそう言い続けているといつの間にか何とも思わなくなっていた。

更衣室には誰もいなかった。着替えて二階の詰め所に行くと、田沼さんが一人で経過表を見ていた。

「あ、田沼さん、おはようございます。今日はよろしくお願いします」

自分も詰め所に入りながら俺は頭を下げた。憂鬱でしかない夜勤だが、唯一の救いは相方が田沼さんなことだ。夜勤は全館合わせてヘルパー二名体制で、二階と三階を一人ずつ、一階を分担して見ることになっている。ただし俺は新人だから、元から二人いるところにプラスで入る。今日は田沼さんと夜専の人のペアで、俺は田沼さんに付いて動く格好になる。最初の頃よりは苦手意識が拭えたので潘さんが相方でもよかったが、やっぱり田沼さんの方が何かと安心できた。

「ああ大石君、おはよう。こっちこそよろしくね。大石君は今日が夜勤初めてだっけ？」

田沼さんが経過表から顔を上げて尋ねてくる。俺は頷きながら答えた。

「はい。だからどんな感じか全然わからなくて……。正直不安しかないです」

「そんなに怖がらなくても大丈夫だよ。特変ある人がいたら注意しないといけないけど、今日は熱発してる人もいないし、何もなければいつもどおり巡回と排泄介助すればいいだけだから」

「でも職員三人だけなんですよね……。しかも俺、一階と三階のこと全然知らないし……」

「今日は二階中心に回っていくから大丈夫だよ。何回か入っていく中で、少しずつ他のフロアのことも覚えてくれればいいから」

「うーん。でもやっぱり不安ですよ。突発事態とか起きたら対応できるのかなって……」

「今日は基本私が一緒に動くから大丈夫だよ。もし一人のときに何かあっても、すぐピッチで呼び出してくれればいいから」

「……わかりました、ありがとうございます」

田沼さんは相変わらず優しい。俺が何を言っても否定せずに受け止めてくれる。この人と一緒だったら大丈夫かな、と少しだけ安心した気持ちになれた。

「夕ケアはいつもどおりやってくれればいいから。八時ぐらいになったら一緒に動こうか」

「わかりました」

俺達が話をしていると詰め所のナースコールが鳴った。部屋番号を見ると西村さんだ。

田沼さんが受話器を取り、少し話してからすぐに電話を切った。

「西村さん、トイレ行きたいみたいだから行ってくるね。夕ケアまでまだ時間あるし、大石君はもう少しゆっくりしててくれていいよ」

「あ、はい……」

いそいそと詰め所から出て行く田沼さんの背中を見送る。時計を見ると十五時五十分だった。まだ勤務始まってないのにな、と思いながら俺は自分も経過表を読み始めた。

それから五分くらいして詰め所に井上君がやってきた。人目も気にせず大欠伸《おおあくび》をしている。

「あぁ……眠ぃ。あ、大石さん……はよざいます。今日は遅出っすか？」

「ううん、夜勤なんだ。田沼さんと一緒だよ」

「あ、そうなんすか。俺は早出っす。やっぱ朝早いのはキツいっすわ……」

言いながら井上君がまた欠伸をした。俺が先月から遅出に入るようになった分、井上君は逆に早出が増えた。俺がシフトを決めてるわけではないが、何となく申し訳ない気持ちになる。

「でももうすぐ帰れるからいいじゃん。俺なんか今から十六時間勤務だよ」

「まぁそうっすね。にしても夜勤かー。俺、基本夜型っすけど夜勤だけは勘弁っすね」

「そう？　何で？」

「だって人が寝てる時間に働くんすよ？　めちゃくちゃ損した気分になるじゃないっすか」

「そうかな。でも明けの日は人が働く時間に帰れるし、プラマイゼロみたいなもんじゃない？　それに夜勤入ったら五千円手当てもらえるよ」

「五千円でしょ？　そんなはした金のために働くとは完全に負け組っすよ」

ばっさりと切り捨てられて俺は黙り込んだ。介護の仕事を底辺呼ばわりしている井上君からしたら、どんな理由をつけてもこの仕事は見下す対象にしかならないのだろう。俺はそれ以上会話を続けるのを止めた。

そうこうしているうちに十六時を回り、井上君は速攻で更衣室に向かった。私服に着替えて出てきて、挨拶もそこそこに帰ろうとしたとき、井上君がふと思いついた様子で言った。

「あ、そうだ大石さん。杉山さんには気をつけた方がいいっすよ」

「杉山さん？　何で？」

「あの人は夜の女らしいんで。夜勤だと大変かもしれないっす」

「夜の女？　どういう意味？」

「さあ。俺も夜専の人から聞いただけなんで詳しいことは知らないっすけど」

意味深な言葉を残して井上君は帰っていく。いつもにこにこしている杉山さんの顔を俺は思い出した。あの人が夜の女とはどういう意味だろう。考えてみたがさっぱり見当がつかず、そのうち田沼さんが帰ってきたのでそのことは忘れてしまった。

その後の夕ケアはいつもどおり過ぎた。トイレ介助やパッド交換を済ませ、車椅子と歩行器の人を食堂に誘導し、食介と服薬をし、帰りの誘導をし、全部が終わるのがだいたい十九時くらいだ。日勤のときは途中で抜けることが多かったが、遅出に入るようになってから初めて夕ケアを最後までやるようになった。最後まで食堂に残っているメンバーはだいたい決まっていて、ケアに時間がかかる人や、誘導が遅くなっても文句を言わない人ばかりだ。二階でいうと三島さん、益川さん、金田さん、菊池さん、山根さん、村上さん辺りだ。

「はーい、金田さーん、パジャマ着替えましょかー」

居室まで誘導し、車椅子からベッドに移乗した後で箪笥からパジャマを取り出す。夕食が終われば後は寝るだけなので、夕ケア後にパジャマへの更衣をしないといけない。日中スウェットで過ごしているような人は着替えずにそのままの服で寝ることもあるが、気持ちよく寝るため、または生活にメリハリをつけるためにパジャマに着替える人の方が多い。排泄介助に加えて更衣をするとどうしても介助に時間がかかるので、自然と誘導も後回しにされていた。

パジャマの更衣は順番が大事だ。車椅子に乗った状態で上半身だけ先に更衣し、ベッドに移乗してからズボンを穿き替えてもらう。ベッドに寝た状態で上着の更衣をするのは大変なので、もし忘れた場合は車椅子に移乗し直すことになる。俺も遅出に入りたての頃はよく更衣を忘れ、無駄に移乗を繰り返してしまった。

更衣を済ませると、金田さんは例によって歯のない口で「あいあとう」と言った。ちなみに入れ歯は毎食後に抜いている。付けたまま寝ると間違って飲み込む恐れがあるからだ。抜いた入れ歯は乾燥させてはいけないので、専用のケースに水を張って浸けておく。夕ケアの後はこの中にさらにポリデントという薬剤を入れ、入れ歯を洗浄することになっている。急いでいるときに入れ歯を付けるのを忘れて誘導してしまい、食介のときに「歯がない！」と気づくのはたまにあることだ。

「金田さん、俺、今日夜勤なんですよ」

ボタンを押して下がるベッドを眺めながら、ふと思いついて俺は言った。

「俺も入るの初めてなんで詳しいことはわかってないんですけど、何時間かに一回、巡回で部屋入るんです。だから夜中に部屋来ますけど、気にしないでくださいね」

「あい」

「あ、でも俺だけじゃなくて、田沼さんも一緒だから安心してください。田沼さんは超べテランなんで」

「べへはん」

「そう。もう二十年以上ヘルパーやってるんですよ。すごくないですか？　俺なんてまだ四か月のぺーぺーなのに」

「あんはもじゅうぶんふごい」

不意に言われて俺は固まった。あんたも十分すごい。金田さんは何を指してそう言ったのだろう。若い男がヘルパーの仕事に就いていることだろうか。だけど俺は単に割り切っているだけで、好きでこの仕事をしているわけじゃないのに。

ベッドは一番下まで下りたが、俺はしばらく黙ってその場に立っていた。やがて気を取り直し、「じゃ、失礼します」とだけ言って居室を出た。入れ歯なしじゃ話を続けるのも大変だろう。だから理由を聞かない方がいいんだと自分に言い聞かせながら。


食堂に戻ると菊池さんと村上さんが残っていた。少し迷ってから菊池さんを先に誘導することにした。六月に初めて入浴介助をして以来、村上さんの入浴を担当することは何度かあったが、機械浴の傍に立って喋るほど打ち解けてはいなかった。菊池さんに声をかけているとき、ちらりと村上さんが俺の方を見た気がしたが、気づかない振りをした。

居室に行き、菊池さんを車椅子からベッドに移乗する。この人はパジャマへの更衣は必要ないが、代わりにベッド下にセンサーマットを敷く必要がある。この装置はマットに何かが触れると、事務所に置いてある受信機が音を鳴らして知らせてくれるようになっている。菊池さんのようにベッドから一人で起き上がる人は、必ずこのセンサーマットを寝る前に敷くようになっている。音が鳴ったらすぐに居室に駆けつけ、転倒を防止するためだ。

「菊池さん、一人でベッドから下りないでくださいね」

センサーマットを設置しながら俺は言った。菊池さんは一回では聞き取れなかったようで、「え、何?」と言って耳に手を当てた。

「一人で、ベッドから、下りないで、くださいね」

声量を上げ、区切って繰り返すと、菊池さんはようやく納得した顔になって「ああ」と言った。俺は続けて声をかけた。

「トイレも、一人で行ったら、危ないから、行かないで、くださいね」

「いちいち言わなくたってわかってるよ。勝手にどこも行きやしないから」

菊池さんはうるさそうに言ったが、俺はその言葉を信用していなかった。菊池さんは立位が取れず、当然トイレに行くこともできないのだが、本人はそのことを認識していないのか、居室で一人にすると高確率でセンサーが鳴り、駆けつけると転落防止用の柵から片足を出しているなんてことが頻繁にあった。この状態では転倒の危険があるため、昼間は基本談話室にいてもらっているが、さすがに夜はそういうわけにはいかない。夜勤の間に何回かセンサーが鳴ることを俺は覚悟した。

食堂に戻ると今度は誰もいなくなっていた。村上さんは田沼さんが誘導してくれたのだろう。何となくほっとしながら俺は詰め所で経過表を書いた。

時刻は十九時過ぎ。利用者さんも職員も出払った食堂はとても静かだ。でも夜勤はまだまだ序盤。遅出でも体験したことのないこれからの時間、夜のアライブ矢根川はどんな姿を見せるのだろう。

二十分ほど経ってから田沼さんが戻ってきた。村上さんは便が出ていたので時間がかかったらしい。避けられてラッキー、と思いつつ少しだけ申し訳ない気持ちになる。

「夜勤の仕事の大半は巡回なの。八時から始まって、その後は二時間置きね」

経過表を書き終え、一息ついたところで田沼さんが言った。

「昼間と違って事務所に誰もいないから、センサーの受信機も忘れずに持って行ってね。パッド交換は四時間置きで、十時と二時、後は朝ケアのときだけで大丈夫だから」

「わかりました」

「休憩は交代で、一人が零時から、もう一人は二時の巡回が終わった後で入るの。時間は社員が二時間で、夜専の人は一時間。社員同士の夜勤だったら休憩入る順番は相談するけど、夜専の人と一緒の場合は社員が先に入るかな」

「ってことは、今日は俺らが零時から休憩ってことですね」

「そうなるね。夜食は持ってきた？」

「はい、一応。っていってもカップラーメンですけど」

「夜中にカップラーメンはあんまりよくないかもね。私おにぎり持ってきたから、よかったら食べる？」

「え、いいんですか？」

「うん。大石君も食べるかと思って多めに作ってきたから。お腹空いたら休憩時間じゃなくても食べていいよ」

「……ありがとうございます」

自分のことだけじゃなく俺のことまで気にかけてくれるなんて、この人は本当にお母さんみたいだ。ちょっと涙ぐみそうになったのをぐっと堪える。

「巡回までは特にすることないから、ゆっくりしてたらいいよ。夜勤は長いからね」

「わかりました。夜専の人は十時から来るんでしたっけ？」

「そう。今日は鈴木《すずき》さんだね。大石君は話したことあったっけ？」

「たぶんないですね。俺が日勤で来るタイミングで帰られることが多かったんで」

「そっか。でも鈴木さんもこの仕事長いから心配ないと思うよ。他に何か気になることある？」

「後は……あ、そうだ。さっき井上君から聞いたんですけど、杉山さんって夜の女なんですか？」

「夜の女？」

「はい。だから気をつけた方がいいって言われて。どういう意味かわかりますか？」

田沼さんはしばらく首を傾げていたが、やがて合点がいった様子で「ああ、もしかして」と言った。

「杉山さんね、夜に覚醒して徘徊することがあるの。話し相手が欲しいみたいで。たまに筒井さんの部屋に入っちゃうこともあるんだ」

「そうなんですか。杉山さん、筒井さんと仲いいですもんね」

「うん。でも筒井さんからしたら、夜中に部屋に来られるのは嫌みたいで、途中から鍵かけるようになっちゃったんだ。それで杉山さんが余計に寂しがって、暴れたりすることもあるよ」

「へえ、意外ですね。杉山さん、昼間はすごい人当たりいいのに」

「夜になると性格が変わるのかもしれないね。だから夜の女なんて呼ばれてるのかも」

そういえば夜勤の人から申し送りのときに、杉山さんが徘徊していたという話を何度か聞いたことがある。夜になると活動的になるのは事実らしい。あの温厚な杉山さんがどんな風に豹変するのかと思うと、怖いような見てみたいような微妙な気持ちになった。


申し送り表や、利用者さんごとの情報が記録されている資料などを読んでいると二十時になった。通常の夜勤であれば二手に分かれて巡回を行うが、今日は初回なので田沼さんと一緒に回る。

「八時の巡回ではお薬を配るの」

田沼さんが薬のケースをワゴンに載せながら言った。

「眠前《みんぜん》っていって、寝る前に飲んでもらうお薬ね。本当は就寝三十分前に服用するのがいいんだけど、寝るタイミングは人によって違うから、この時間に飲んでもらってるの」

「わかりました。というか、薬って食事のときだけじゃないんですね」

「うん。人によっては、それ以外に決められた時間に飲むお薬がある人もいるから、多い人だと一日に四、五回は飲むことになるのかな」

「そんなに薬がたくさんあったらどれか忘れそうですね」

「そうなんだけど、お薬はどれも大事なものだから、飲み忘れはないようにしないとね。特に眠前は忘れたら朝まで気づかないから、他のお薬より注意が必要なの」

そう言われると途端にプレッシャーに感じてしまう。俺一人だったら普通にすっ飛ばしてしまいそうだ。みんぜん、みんぜん、と頭の中で繰り返して脳に刻みつける。

居室を端から順番に回り、声をかけつつ服薬をする。さすがにこの時間だとほとんどの人が起きていた。俺がいるのを見ると意外そうな顔をする人も何人かいた。

「大石君がこの時間にいるなんて珍しいねぇ。もしかして夜勤?」

そう尋ねてきたのは岡部さんだ。居室に行くと、ベッドに寝っ転がってテレビを見ていたが、田沼さんが服薬用の水を用意している間に起き上がって俺に話しかけてきた。

「はい。初夜勤です。なんでちょっと緊張してます」

「大丈夫よぉ。大石君、もう一人でもしっかり仕事してるじゃない」

「いってもまだ四か月ですよ。全然慣れる気がしないです」

「心配しなくても大丈夫よぉ。まだ若いんだし、これからちょっとずつ勉強していけば」

これからっていっても、後二か月もしたら辞めるつもりなんだけどな。そう思いはしたがもちろん口には出さなかった。

一通り居室を回り、最後に来たのは杉山さんの居室だった。「夜の女」発言を思い出してちょっとビビりながら中に入ったが、杉山さんはいつもと変わらずちょこんとベッドに座っていた。どれだけ豹変するか想像していた分、かえって拍子抜けしたくらいだ。

「杉山さん、夜はちゃんと寝てくださいね。他の人の部屋にも入らないでくださいよ」

「はいはい、ちゃんと寝ないとね」

一応釘を刺したが、やはり杉山さんはいつもどおりににこにこしている。夜の女なんて都市伝説じゃないのかと思いながら俺と田沼さんは居室を出た。

その後、田沼さんに利用者さんの説明を受けながら一階と三階の巡回をした。人が足りないときは他のフロアにヘルプに行くこともたまにあるので、利用者さんとも全くの初対面というわけではない。とはいえ、全員の顔と名前はさすがに覚えておらず、適当に挨拶だけしてお茶を濁すことも何回かあった。今は田沼さんがいるからいいが、今後夜勤に入ればこの人達の介助もしないといけない。また新しいことを覚えないといけないのかと思うとため息をつきたくなった。

全てのフロアの巡回を終えて帰ってくると二十一時二十分を回っていた。排泄がないからすぐ終わると思っていたのに、二人一緒に回っているせいで時間がかかってしまった。

「巡回が終わったら基本は詰め所で待機ね。ここに防犯カメラのモニターがあるからチェックして、もし徘徊してる利用者さんがいたら部屋に戻ってもらってね」

詰め所の端にある小型のモニターを指差しながら田沼さんが言う。一階、二階、三階のそれぞれの廊下と詰め所が映し出されている。杉山さんも含め、今は誰も外に出ていないようだ。

「十時以降は寝てる利用者さんも多いから、巡回のときも声はかけないんだ。起こさないようにそっと部屋に入って、安否確認してから出て行くの」

「安否確認？」

「そう。夜間に利用者さんが亡くなる場合もあるから、いつの時点まで息があったかをちゃんと確認しておかないといけないの。今日はいないけど、熱発とか特変ある利用者さんがいる場合は特に気をつけてね」

なんだそれ、怖い。真っ暗な部屋で死体を見つけるなんて軽くホラーだ。でもこの仕事を続けてると、実際にそういう経験をすることもあるんだろうか。

「でも、見ただけで確認とかできるもんですか？」

「胸が上下してるかとか、口から息が出てるかとか、方法はいろいろあるよ。ただ、慣れてないとわかりにくいかもしれないね」

「そうですね……。俺、ちゃんと見分けられる気がしないです」

「じゃあ、十時の巡回のときは一緒に部屋入ろうか。そのときに私がどこを確認すればいいかを実際に説明するから。その後の巡回のときは、大石君が一人で部屋に入って確認してくれる？　私は入口のところで待ってるし、心配だったら呼んでくれればいいから」

「わかりました」

田沼さんが一緒に確認してくれるとわかって少し安心する。寝てるように見えて、実は死んでましたなんて洒落にならないからな。

そうこうしてる間にあっという間に二十二時十分前になり、夜専の鈴木さんがやってきた。六十歳を超えていそうな女性で、勤務開始前だというのにすでに疲れた顔をしている。俺が挨拶をしても興味がなさそうに「ああ、そう」と言っただけで、田沼さんから申し送りを受けると、すぐに自分の持ち場である三階に行ってしまった。積極的に人と話すタイプじゃないみたいだ。

田沼さんと話しているうちに二十二時の巡回の時間になった。今回は巡回と一緒に排泄介助もする。二階は俺と田沼さん、三階は鈴木さん、早く終わった方が一階を順に見て回る。菊池さんのセンサーの受信機は俺が持つことになった。頼むから鳴らないでくれよと願いながら田沼さんと共に詰め所を出た。

廊下は暗く、目を凝らさないと手すりや居室のネームプレートすら見えない。みんなもう寝ているのか、居室からは物音一つせず、静まり返っているせいで余計に不気味だ。傍に田沼さんがいても暗い廊下を歩くのは心細く、一人だと余計に不安だろうなと思った。もし居室で利用者さんが死んでるのを見つけたら叫んでしまうかもしれない。

「失礼しまぁす……」

口の中で呟きながら、一番手前にあった三島さんの居室の引き戸をそっと開ける。部屋の中も暗いが、死体があるかもしれないと思うと廊下以上に不気味さを感じた。電気を点けるわけにはいかないので、ベッドに近づいて三島さんを観察する。

三島さんは口を開けて寝ていた。田沼さんが片手を伸ばして三島さんの口の上に手を翳《かざ》し、頷いてから手を引っ込める。今ので呼吸を確かめたのだろう。俺も真似してやってみたが、確かに口からは息が出ていた。死んでないとわかって自分も安堵の息をつく。

安否確認が済んだところで、俺はトイレからパッドを持ってきて交換した。パッド交換のときも声はかけなかったが、何回か体交したせいか三島さんは途中で起きてしまった。俺が「オムツ替えてます」と小声で言うといつものように笑ってくれた。そのまま朝まで生きててくれよと思いながら、パッド交換を終えて居室を出て行く。

その後もおっかなびっくり巡回をしたが、幸いなことに誰も死んでいなかった。菊池さんも大人しく寝ており、杉山さんはテレビを観ていた。二十二時なら起きていても不思議ではないと思いつつも、「早く寝てくださいね」と声をかけてから居室を出た。

二十三時過ぎには二階の居室を全て回り終えたので、そのまま一階に下りて巡回の続きをした。でも鈴木さんがすでに半分くらい終わらせていたらしく、二つ目の居室を回ったところで鉢合わせて「終わったよ」と言われてしまった。速い。さすがベテランは違う。

二階の詰め所に戻ると二十三時十五分だった。経過表に巡回の結果を書き込み、田沼さんがその間にトイレに行く。まずは一段落。一人になった俺は少しくつろごうと思い、詰め所の椅子を二つ並べてその上に脚を伸ばした。

異変があったのはその数分後のことだった。気が抜けたせいか少しうつらうつらしていると、いきなりけたたましい音が聞こえたのだ。何事かと思って見ると、菊池さんのセンサーの受信機が赤く点滅している。やべ、と思いながら俺は早足で居室に向かった。

居室に入ると、菊池さんがベッド柵に片足をかけて今にも柵を乗り越えようとしていた。落ちかかった布団がセンサーマットに触れている。これが反応していたらしい。とりあえず転落していないとわかってほっとする。

「菊池さん、何してるんですか？」

センサーマットから布団を離しつつ尋ねる。センサーのうるさい音がぴたりと止んだ。

「何って、トイレ行きたくて」

「菊池さんはトイレ行けないんです。おしっこ出そうなんですか？」

「うん、もう出たかもしれないけど」

「じゃあオムツ確認するんで横になってください」

さっき見たばっかりだけどな、と思いながらも俺は言った。菊池さんは大人しく寝てくれた。センサーマットを踏まないように位置をずらしてパッドを確認する。確かに少量の尿が出ていたのでパッドを交換する。その後で忘れずにセンサーマットの位置を戻した。

「もう一人で起きないでくださいね。こけたら危ないんで」

「そんな簡単にこけないよ。あんまり人を年寄り扱いするんじゃないよ」

いや年寄りだろ、と内心で突っ込みながらも何も言わずに居室を出た。またすぐにセンサーが鳴るんじゃないかと思い、居室の前で二、三分待ってみたが音は鳴らない。これっきりにしてくれよと思いながら詰め所に行く。田沼さんはすでに戻っていた。

「あ、大石君、いなくなってたから心配したよ。何かあったの？」

「それが、さっき菊池さんのセンサーが鳴ったんで、部屋に様子見に行ってたんです」

「そうなんだ。大丈夫だった？」

「柵に片足かけてましたけど、乗り越えるところまでは行ってませんでした。センサー鳴ってたのは布団が当たったたからみたいです」

「そっか。早く気づけてよかったね」

「はい……。でもこれ何回も鳴ったら大変ですね。鳴るたびに様子見に行かないといけません し」

「鳴るときは十分に一回くらい鳴るからねぇ。二人いるときだったらまだいいけど、一人が休憩入ってるときにそれされるとちょっと大変かな」

一人しか職員がいない状況で十分に一回も呼びつけられたら、ちょっとどころではなく大変だと思う。ヤスの「ナースコール鳴らされすぎて仮眠取れない」発言を思い出し、センサーでも同じことになるかもしれないと思った。

「大石君、疲れたでしょ？　もう休憩行ってくれていいよ」

「え、でもまだ十一時半ですよ？　俺らの休憩零時からですよね？」

「ここにいても特にすることないし、利用者さんも落ち着いてるから、長めに休憩取ってくれて大丈夫だよ。初めての夜勤で気疲れもあるだろうしね」

「……わかりました。ありがとうございます」

有り難いと同時に俺は少し申し訳なくなってきた。俺の面倒を見ながら夜勤をする田沼さんの方がずっと大変だろうに、田沼さんは大変さなんか少しも見せないで俺を気遣ってくれている。初夜勤の相方がこの人でよかったと心から思った。

休憩室に行き、田沼さんからもらったおにぎりを二つ食べたが、それでも空腹だったので結局カップラーメンも食べた。家を出た十五時以降は何も食べておらず、腹が減るのは仕方がない。でもカップラーメンばっかりだと太りそうだし、今度からは別の摘まめるものを持ってきた方がいいかもしれないと思った。

三十分ほどで食事を終え、休憩室の奥にあるソファーに横になって電気を消す。だけど緊張しているのかなかなか寝つけない。代わりにこれまでのヘルパー生活が頭の中でぐるぐるしていた。

アライブ・エイジに入社して早四か月。食介、排泄、入浴と順番に介護の仕事を覚えてきた。最初はどの仕事も苦労したし、嫌だと思うことも何回もあったけど、今では割り切って一通りこなせるようになっている。

だけど、自分がこの仕事に合っているとか、この先もヘルパーとして働いていきたいかと聞かれればそんなことは全然なくて、やっぱりスーツを着てパソコンに向かう『普通』の仕事に就きたいと思ってしまう。それはヘルパーの給料が安いからとか、勤務時間が不規則だからとか、そういう個別のことだけが理由じゃない。そういうことを全部ひっくるめて、自分が介護の仕事に就いている事実を受け入れられないのだ。

介護は誰にでもできる仕事だ。学歴やスキルも必要なくて、常に人手不足だから俺みたいに普通の会社に入れなかった人間でも受け入れてもらえる。ただし、その分社会的な地位は低く、人からは二言目には「大変」と言われて同情されて、現にヘルパーとして働いている人間からも「底辺」と呼ばれて見下されている。だからこそ余計に劣等感が強まり、自分と周りを比べて卑屈になってしまう。

実際、みんながみんな介護の仕事を見下してるわけじゃないだろうし、潘さんみたいに誇りを持って働いてる人がいることもわかるけど、だからといって自分が同じように介護の仕事に誇りを持てるわけじゃない。

(田沼さんは……俺が辞めるって言ったらどう思うのかな)

何もわからない俺に手取り足取り仕事を教えてくれて、仕事以外のところでも気遣ってくれて、そんな人を裏切るような真似をするのが申し訳ないという気持ちは正直ある。田沼さんだけじゃない。潘さんも松井さんも、一つ一つの仕事を丁寧に教えてくれて、どうして介護の仕事をしてるのかっていう答えにくい質問にも答えてくれた。アライブ矢根川が人に恵まれた職場だということはわかるし、転職したところで同じようにいい人がいる職場で働けるとは限らない。だからこそ、今の恵まれた人間関係をキープするため、アライブ矢根川で働き続けた方がいいんじゃないかという気持ちも少しはある。

でも、俺がそう思うのは、あくまで職場環境だけを取り上げた場合の話だ。介護の仕事自体は今も嫌いで、続けたい気持ちはこれっぽっちもない。俺はまだ二十三歳で、第二新卒として未経験の職場でも採用してもらえるチャンスがある。いくら人間関係がいいからといって、それだけの理由でヘルパーを続けてずるずる歳を取り、他の仕事ができなくなったらきっと後悔する。だからやっぱり、チャンスがある今のうちに辞めて転職した方がいい。介護の仕事は簡単に転職ができるが、『普通』の仕事はそうではないのだから。

そんなことを取り留めもなく考えているうちに睡魔が襲ってきて、俺はいつの間にか眠り込んでいた。

スマホのアラームの音で叩き起こされると一時五十五分だった。寝癖を直して急いで詰め所に戻る。田沼さんはすでに休憩から戻っていて、詰め所で律儀にモニターを観ていた。

「あ、田沼さん、休憩終わりました」

「ああ大石君、おかえり。ちゃんと眠れた？」

「はい。絶対寝れないと思ってたんですけど、気づいたら一時間くらい寝てました」

「そっか、よかった。少しでも寝たら全然違うからね」

「はい。そういえば田沼さんはどこで休憩してたんですか？　休憩室には来てなかったですよね？」

「私はずっとここにいたよ。大石君の邪魔してもいけないと思ったから」

「そうなんですか……。でもそれじゃ全然休めなかったんじゃないですか？」

「そうでもないよ。ナースコールは鳴らなかったし、利用者さんが部屋から出てくることもなかったから」

「でもなんか申し訳ないです。すいません。一人で占領しちゃって」

「いいよ、気にしないで。ところでおにぎりは食べた？」

「あ、はい。かなり腹減ってたみたいで、カップラーメンと両方食べちゃいました」

「そっか。じゃあ今度からも多めに作ってくるね」

田沼さんがふんわりと微笑む。どこまでも人のことを考えてくれる。この人は本当に優しい人だ。お母さんみたいな笑顔を見ていると俺もほっこりしたが、辞めるまでに一緒に夜勤に入る機会あるのかな、と考えると少しだけ寂しくなった。

「じゃあ、二時になったし巡回に行こうか。あ、菊池さんのセンサーは鳴らなかったよ。杉山さんも寝てたみたいだから、特に気をつけることはないと思う」

「わかりました」

まだ少し眠気が取れておらず、瞼をこすりつつ田沼さんと巡回に向かう。廊下も居室も相変わらず暗かったが、前ほど不気味さは感じない。今度の安否確認は俺一人でしたが、特に判断に迷うことはなく、パッド交換のときも今度は誰も起こさなかった。杉山さんの居室に入るときは特に音を立てないように注意したが、そんなことをしなくてもぐっすり眠っていた。

驚くほど順調に二階の巡回が終わり、それから二人して一階に向かう。今度は半分ほど部屋を回ったところで鈴木さんと鉢合わせた。俺が半分終わらせたと伝えると、表情を変えずに「ああそう」とだけ言った。

「そっちも終わったんだったら、私もう休憩入っていい？　今日はちょっと腰の調子がよくなくて」

鈴木さんが腰を擦《さす》りながら田沼さんに尋ねる。田沼さんはにこやかに頷いた。

「どうぞ。今日は二人いるので、ゆっくりしてくださって大丈夫ですよ」

「そうさせてもらうわ。若い人にはしっかり働いてもらわないとね」

鈴木さんが俺の方をちらっと見て言った。俺は思わず背筋を伸ばしたが、鈴木さんは俺には何も言わずに一階の詰め所に向かった。何だか取っつきにくい人だ。辞めるまでにこの人との夜勤に当たりませんように、と密《ひそ》かに願う。

二階の詰め所に戻ると三時十分だった。次の巡回まで一時間近くある。誰か飛ばさなかったよなと不安になりながらも、排泄などの状況を経過表に記入していく。

「なんかびっくりするくらい早く終わりましたね。毎回こんな感じなんですか？」

全員分の経過表を書き終え、椅子に腰を落ち着けたところで田沼さんに尋ねる。田沼さんは首を捻って考えながら答えた。

「そうだね……。早かったら一時間くらいで終わることもあるかな。今日はかなりスムーズに行ってる方だと思うけど」

「ですよね。俺、夜勤ってもっと大変かと思ってましたけど、意外と何もなくて拍子抜けしました」

「特変の人が何人もいたらもっと忙しいんだけど、そうじゃない場合は今日みたいに静かなときもあるよ。大石君は初めてだし、これくらいでちょうどよかったね」

「そうですね……」

どうせ半年で辞めるんだし、ずっと何も起こらず静かな方がいい。そう思いはしたがもちろん口には出さなかった。

それからの時間は穏やかに過ぎた。田沼さんが真面目にモニターを観ているので、俺も真面目に申し送り表などに目を通していたのだが、同じ情報を何度も眺めているとだんだん飽きて睡魔が襲ってくる。

そうして三十分近く経った頃、俺が半分寝ながら申し送り表を眺めていると、急にナースコールが鳴ったので椅子から落ちそうになった。一人だったら机に突っ伏して居眠りしているところだ。壁に設置されたナースコールを見ると、「３０４」と部屋番号が表示されている。

「この番号は吉原さんだね。もしかしてトイレかな」

田沼さんが言い、立ち上がって電話に出る。まだ三階の利用者さんの顔と名前が一致していない俺は、吉原さんがどんな人か思い出せなかった。田沼さんがしばらく会話をし、やがて「すぐ行きますね」と答えて受話器を置いた。

「吉原さん、やっぱりトイレだって。私が行ってくるから大石君は待ってて」

「あ、はい」

田沼さんがそっと詰め所を出て行くのを見送る。一緒に行って見学するって言えばよかったかな。でもどうせ辞めるし、無駄に知識増やしてもしょうがないよな、と都合のいい言い訳をしながら田沼さんの帰りを待つことにする。

それから十分ほど経っても田沼さんは戻ってこなかった。もしかすると失禁していて更衣に時間がかかっているのかもしれない。俺は余計に申し訳なくなったが、相手はベテランなんだからどうってことない、と自分に言い聞かせた。

にしても、と俺は頭の後ろで手を組み、椅子の背もたれに背中を預けながら考えた。初めての夜勤。どうなることかと思ったけど、この分だと無事に終わりそうだ。むしろ暇な時間が多くて日勤より楽かもしれない。これで五千円もらえるんだったら、逆にずっと夜勤の方がいい。このときの俺はまだ、そんな風に思う余裕があった。


異変があったのは、田沼さんが詰め所を出て行ってから二十分ほど経ったときだった。

最初の方こそ一人になった緊張感もあり、真面目にモニターを観ていたのだが、何も変化がないとそのうち集中力が切れてきて、こっそりスマホのゲームをやり始めた。それにも飽きてくると今度は眠くなってきて、空いた椅子に脚を投げ出しながらうつらうつらしていた。

そのうち四時を回ったことに気づいた。巡回の時間だが、田沼さんはまだ戻ってこない。ピッチで連絡した方がいいか迷っていると、廊下から急に音が聞こえた。はっとして椅子から立ち上がって詰め所を出る。暗い廊下の奥で誰かが動いている。白い服を着ているせいで幽霊みたいだ。

俺は恐る恐るその方に歩いて行った。近づくにつれて小柄なシルエットが浮かび上がってくる。白いパジャマ姿の女性。杉山さんだ。自分の居室ではなく、一番奥にある筒井さんの居室の前に立っている。やはり徘徊しているようだ。

「杉山さん？　どうされました？」

他の利用者さんを起こさないように小さく声をかける。杉山さんは黙ってこっちを見た。暗いせいで顔がよく見えない。

「まだ四時ですよ。みんな寝てますし、杉山さんも部屋帰りましょう」

声をかけつつ、そっと杉山さんの手を掴む。その瞬間、杉山さんがものすごい勢いで俺の手を振り払った。俺がびっくりしていると、杉山さんが早口で捲し立ててきた。

「寝る？　嫌よあんな暗い部屋に一人でいるの。私一人でいるん寂しいでな。誰か話し相手欲しいいて筒井さんの部屋来たんよ。でも筒井さん鍵かけてしもうて開けてくれんのよ。まだ寝てるんかいな？　ねぇ筒井さん！　開けてぇな筒井さん、筒井さん！」

言いながら杉山さんはどんどんヒートアップして早口になっていく。しかも筒井さんの居室のドアを思いっきり叩くので大きな音が廊下に響いた。

「ちょっと、杉山さん！　静かにしないと！　みんなまだ寝てますから！」

「静かになんかしとれんよ。私は寂しいんよ。あんな暗い部屋で朝までじいっとしとるなんて耐えられんでな。誰か喋り相手が欲しいんよ。筒井さん何で鍵開けてくれんの？　私のこと嫌いなんか？」

「嫌いとかじゃなくて寝てるんですよ。喋るなら朝になってからにしましょう！」

「私は今喋りたいんよ。ねぇ筒井さん！　起きてぇな！　筒井さん！」

俺が何を言っても杉山さんは筒井さんの居室のドアを叩くのを止めない。これでは筒井さんどころか他の利用者さんも起こしてしまうかもしれない。

俺がどうすることもできずに右往左往していると、後ろから誰かが近づいてくる足音がした。もしかして利用者さんが起きてきたんだろうか。俺が急いで振り返ると、そこには田沼さんが立っていた。

「大石君、大丈夫？」

田沼さんが心配そうに眉を下げて声をかけてくる。吉原さんのトイレ介助が終わって戻ってきたのだろうか。

俺はどう説明しようか迷ったが、田沼さんは杉山さんをちらっと見て、それだけで状況を察したようだった。杉山さんの方に近づいていって声をかける。

「杉山さん、どうしたの？」

「筒井さんと喋りに来たんやけど、筒井さんが鍵開けてくれんのよ」

「そっかぁ。どうして筒井さんと喋ろうと思ったの？」

「暗い部屋に一人でおるの寂しいでな。話し相手が欲しかったんよ」

「そっか、寂しいんだねぇ。でも筒井さんは寝てるみたいだね。よかったら私と話す？」

「ええの？」

「うん。詰め所に行ったら明るいから、そこでお喋りしようか」

「本真に？　有り難いねぇ」

さっきまで散々騒いでいた杉山さんがあっという間に大人しくなる。俺が呆気に取られていると、田沼さんが俺の方を見て言った。

「大石君、ごめんね。私が戻るの遅かったから、先に巡回行ってくれたんだよね？」

「あ、いや、そういうわけじゃ……」

単に廊下から音が聞こえて、見たら杉山さんが廊下にいたから来ただけで、一人で巡回に行こうなんて熱心な考えがあったわけじゃない。そう言おうとしたものの上手く言葉が出てこない。そのうち田沼さんが先に口を開いた。

「さっき三階で鈴木さんと会って、休憩終わって三階から巡回始めるって言ってたよ。杉山さんの対応は私がするから、大石君はこのまま二階と一階の巡回続けてくれる？」

「あ、はい、わかりました……」

杉山さんと共に詰め所に向かう田沼さんを当惑しつつ見送る。吉原さんのトイレ介助も、杉山さんの対応もどっちも田沼さんに任せてしまった。田沼さんは優しいからつい甘えてしまうが、どっちかは俺がやった方がよかったんじゃないだろうか。

申し訳なさが募るもどうすることもできず、とりあえず言われたとおり巡回を始めることにした。マスターキーを使って筒井さんの居室を解錠する。あれだけの騒ぎだったにもかかわらず筒井さんは眠っていた。他の二階の利用者さんも同じで、俺はほっとしつつももやもやした気持ちは晴れなかった。

一階も併せてフロアを一通り回ると四十分ほど経っていた。詰め所に戻ると、田沼さんと杉山さんが椅子に座り、排泄介助で使う用に新聞紙を一枚ずつ四つ折りにしていた。俺が近づいていくと、田沼さんが「おかえり」といつもの優しい笑顔で迎えてくれた。

「杉山さん、落ち着いたみたいだよ。手動かしてたら気が紛れたのかな」

田沼さんが杉山さんの方を見ながら言う。せっせと新聞紙を折る杉山さんはいつもどおり穏やかそうで、確かにさっきのように興奮した様子はない。

「杉山さん、たくさん手伝ってくれてありがとうね。そろそろ疲れたんじゃない？」

「そうだね。ずっと手動かしてたから、ちょっと疲れたね」

「そろそろ部屋に戻る？　朝ご飯までまだ時間あるし、休んだ方がいいよ」

「そうだね。じゃあ戻るよ。いろいろありがとね」

最後の新聞紙を四つ折りにした杉山さんがあっさりと言って立ち上がる。そのまま自分の居室に戻って引き戸を閉めた。出てくる様子はない。

俺は杉山さんの居室のドアをじっと見て、それから田沼さんの方を向いて声をかけた。

「田沼さん、さっきのは……」

「言ってた杉山さんの徘徊だね。昼間と全然違うからびっくりしたんじゃない？」

「はい。最初別人かと思いましたよ。口調も思いっきり関西弁でしたし」

「関西で長く暮らしてたみたいだから、昔の口調が出たのかもしれないね」

「はぁ。でも何でいきなり変わったんでしょうね？　昼間は普通だったのに」

「夜一人になると、家のことを思い出すんじゃないかな。杉山さんのご家族は今も関西に住んでて、面会にもなかなか来られないの。だから余計に寂しいんじゃないかな」

確かに、家族が誰も近くにいない中、真夜中に暗い部屋で目を覚ませば心細いだろう。昼間はずっとにこにこしている杉山さんも、本当はずっと寂しかったのかもしれない。

「すいません田沼さん、杉山さんの対応してもらって……。吉原さんも時間かかってましたけど大丈夫でしたか？」

「うん。便器に座るのが間に合わなくて失禁しちゃって、ズボン更衣してたら遅くなったの。心配かけてごめんね」

「いや、こっちこそすいません。結局全部やってもらって……」

「そんなに気にしなくても大丈夫だよ。動いてる方が眠気も覚めるしね」

そういう問題じゃない、と俺は思った。今回の夜勤を始めてから、俺はずっと田沼さんの世話になりっぱなしだ。巡回の手順を一つ一つ教えてもらって、休憩時間も多めにもらって、そのくせ面倒な仕事は全部押しつけてしまった。初めてなんだから世話になるのは当たり前かもしれないけど、問題は俺がそれを返せないことだ。眠前の服薬も、徘徊する利用者さんへの対応も、教えてもらったところで活かす機会はあと二か月しかない。

「田沼さん……俺ね、この仕事があんまり好きじゃないんです」

思わず零してしまったのは、これ以上田沼さんを裏切るようなことをしたくなかったからかもしれない。田沼さんがきょとんとして俺を見た。

「俺は最初から介護の仕事がしたかったわけじゃない。他の会社が受からなかったからここに来ただけなんです。仕事楽しいとか思ったこともなくて、割り切って続けてるだけです。でも……時々、そういう自分がいけないような気になるんです。介護は人相手の仕事で、人が好きな人の方が向いてて、利用者さんだって俺みたいに義務的にやってる奴より、好きで介護してる人に世話してもらった方が絶対幸せだと思います」

田沼さんは何も言わない。じっとこちらを見つめる表情から、俺の話に真剣に耳を傾けてくれていることがわかった。俺は小さく息をついて続けた。

「でも、じゃあ心入れ替えて頑張れるかって言ったら別なんです。俺はこの仕事が好きじゃないし、必要以上のことはやりたくない。利用者さんに喜んでほしいとか、人の役に立ちたいとか、そんな気持ちは一つもないんです。そんな奴が……ヘルパーなんてやっていいんでしょうか？」

ずっと気づかない振りをしていた疑問。元々年寄りが好きなわけでもなく、人の世話なんかやりたくないけど、仕事だからと考えて割り切って続けてきた。だから表面的には介護ができている。だがそこに気持ちは全く伴っていない。初任者研修では、介護は利用者さんのためにするものだって言ってたけど、俺が介護をしてるのはあくまで自分のためだ。すぐに辞めたら転職のときに不利になるから、時間を稼ぐために仕事を続けているに過ぎない。

だけどどこかで、それだけじゃいけないんだという気持ちもあった。本当は潘さんとか田沼さんみたいに利用者さんに親身になって、利用者さんの幸せを願って介護をした方がいい。それがヘルパーとして求められる姿勢だってことはわかる。わかるけど、俺はそうなれないし、なりたいとも思わない。そんな中途半端な自分が何よりも嫌いで、もどかしかった。

だからこそ疑問をぶつけた。田沼さんなら、俺の甘えを受け止めた上で、何か答えを教えてくれるんじゃないかという期待があったから。

田沼さんはしばらく頬に手を当てて考え込んでいた。俺は向かいの椅子に座り、緊張した面持《おもも》ちで返事を待った。

「……割り切るのって、そんなにいけないことなのかな」

田沼さんがぽつりと言った。俺は訝《いぶか》るように目を細めて田沼さんを見た。

「もし割り切ってたとしても、必要なことをやってるなら何も問題はないと思うんだよね。私が見てる限り、大石君は教えたことちゃんと守ってくれてるし、利用者さんともコミュニケーション取れてるし、特に問題があるようには見えないんだけど」

「いや、それは仕事だからやってるだけですよ。人のお世話するのが好きだとか、お年寄りと喋りたいとか思ってるわけじゃないです。でも利用者さんからしたら、もっと喋るのが上手くて、熱心なヘルパーに介護してほしいって思うもんじゃないですか？」

「それは人によるんじゃないかな。ヘルパーとのお喋りを楽しみにしてる利用者さんもいるけど、必要最小限のことだけしてくれればいいって人もいるし。それに熱心なのがいいとは限らないよ。一人の利用者さんに割ける時間は限られてるから、どうしたって区切りをつけなきゃいけないことはあるし、あんまりのめり込みすぎてもこっちが倒れちゃうからね。熱意があるのは大事だけど、割り切ることだって自分の身を守るためには大事なんじゃないのかな」

俺は何と言えばいいかわからなかった。田沼さんはここでも俺を受け入れてくれている。熱意なんてあって当たり前だなんて言わずに、義務的にしかなれない俺をそのまま受け止めてくれている。それを有り難いと思う一方で、こんな風に相手に親身になれる人の方がヘルパーらしいという気持ちはどうしても拭えない。

「でも、田沼さんは割り切ってないでしょ？　さっき杉山さんと話してたときだって、すごい親身になってるように見えましたよ」

「あれは私がそうしたいからしてるだけ。人に同じこと求めようとは思わないよ」

「何でそこまで頑張れるんですか？　この仕事の何がそんなにいいんですか？」

自然と人に気遣いができて、自分よりも他の人を優先できる。そんな生まれながらのヘルパーみたいなこの人が、どういう理由でこの仕事をしているのかが知りたかった。

「……私ね、昔母が倒れて入院したことがあるの」

田沼さんがぽつりと言った。思いがけない言葉が飛び出して一瞬、俺は反応が遅れた。

「入院？」

「そう。私はそのとき大学一年生だったかな。大学が地元から離れた場所にあったから、入学後は母とは一回か二回会うくらいだったの。母は離婚して一人暮らしをしてたんだけど、あるとき、急に病院から電話が入って母が倒れたって聞いて、それで急いで地元に帰ったの。病院に行って入院してる母に会ったんだけど、知らない人みたいに痩せててびっくりしたっけ……」

当時のことを思い出しているのだろう。田沼さんがしみじみとした口調で話す。久しぶりに会った親が入院して、しかも別人みたいに痩せてるなんて、そりゃあ驚くだろうしショックだろう。自分だったら直視できないかもなと俺は思った。

「それからお医者さんに話を聞いたんだけど、母は脳梗塞で、元々持病もあったから、余命一、二年だって言われたの。手足に麻痺があるから、一人暮らしを続けるのも難しいって言われて。でも、大学に通えなくなるから私が実家に戻ることもできなくて。それで母が介護を受けながら暮らせる施設を探すことになったの」

「施設探すって……それってめちゃくちゃ大変だったんじゃないですか？　田沼さん、そのとき大学一年だったんですよね？　施設のこととか知ってたんですか？」

「ううん、全然。そのときの私は、特に福祉の仕事を志望してるわけじゃなかったから、施設のことも一から調べないといけなかったよ。だから実際大変ではあったけど、私は一人っ子で、父親とも連絡を取ってなかったから、自分で何とかするしかなかったの」

俺は相槌も打てずに田沼さんの話を聞いていた。大学一年生なんて自分のことだけで精一杯だろうに、よく一人で対応できたなと頭が下がる思いがした。

「それで、母が入院してる間にいくつか施設を見学したんだけど、その中の一つの施設がすごく印象的でね。何ていうか、職員がみんなすごく活き活きしてるように見えたの。利用者さんと関わるのが本当に楽しいっていう感じで、利用者さんの方も実際楽しそうだった。私、それまでヘルパーの仕事って大変なイメージしかなかったからびっくりして、そこで働いてる人に訊いてみたの。どうしてそんなに楽しく働けるんですかって。一人のヘルパーさんが答えてくれたんだけど、その言葉が今も忘れられないんだ」

「何て言われたんですか？」

いつの間にか俺は前傾姿勢になっていた。田沼さんというヘルパーを生み出した言葉が何なのか、すごく気になった。田沼さんは噛みしめるように続けた。

「そのヘルパーさんは言ったの。介護っていうのは、人生の最後を彩る仕事なんだって。確かに仕事は大変だけど、自分が何気なくしてる介護が、その人にとっては最後の食事とかお風呂になるかもしれないって思ったら、ちょっとでもいい介護をしたいって頑張れるんだって。私、それ聞いて感動しちゃって……。それまでの介護のイメージが一転したんだ」

　俺は鈍器で脳天をかち割られたような気になった。人生の最後を彩る仕事。そんなこと今まで考えたこともなかった。

　だけど、言われてみればそのとおりだ。高齢者はいつどこで何が起こるかわからない。今日普通に会話していた人が、明日には亡くなっていることだってある。だからこそそのヘルパーは、どんなときでも真心のこもった介護を心がけていたのだろう。それがその人にとって、最後の介護になるかもしれないから。

「その一言を聞いて私、そこに母を入居させようって決めたんだ。その施設なら、きっと母の最後を幸せにしてくれるって思ったから。手続きを済ませて母を退院させて、その足で施設に入れてもらうことにしたの。母は嫌がってたけど、職員さんは全然気にしないで、温かく母を出迎えてくれたっけ」

　入居を嫌がる田沼さんのお母さんと、それを笑顔で迎え入れるヘルパー。懐かしむように語る田沼さんの表情から、俺にもその当時の光景が見えるような気がした。

「その後で私はすぐ下宿先に戻ったんだけど、月に一回くらいは面会に行ったんだ。母も最初は帰りたがってたけど、そのうち馴染《なじ》んできたみたいで、施設であったことを細かく話してくれるようになったの。いつお風呂に入れてもらったとか、どんなご飯を食べたかってことをね。病院にいたときよりもずっと元気そうで、私、それ見て安心して……」

当時のことを思い出したのか、田沼さんがうっすらと涙ぐんだ。片手でそっと目元を拭い、それからふんわりと微笑んで続ける。

「その後二年くらいして母は亡くなったんだけど、最期まで幸せそうだった。ここに入れてくれてありがとうって、面会のたびに言ってたっけ。私も母が亡くなった後でヘルパーさんにお礼を言ったんだけど、ヘルパーさんも喜んでくれて、幸せな最期を迎えてもらえてよかったたって言ってくれたの。それを聞いて私、改めてこの仕事が尊いものだって感じて、自分も同じ仕事に就きたいと思うようになったの」

尊い。介護の仕事をそんな風に評する人に初めて会った。同じヘルパーでも井上君は3Kだとか底辺だとか散々な言い様だったのに、この人からすれば、介護の仕事はそれだけ価値があるということなのか。

「私はその頃三年生になってて、ちょうど就職活動の時期だったんだけど、介護の仕事に絞って就職活動を始めたの。私の通ってた大学は一般の大学で、周りは事務職とかのオフィスワークに就く子がほとんどだったから、私みたいな人は珍しかったけどね」

なんと、じゃあ田沼さんも俺と似たような境遇だったのか。でも田沼さんは最初から介護の仕事を希望していた。嫌々この仕事を選んだ俺とは似ているようで大違いだ。

「でも、抵抗はなかったんですか？　周りはその、普通にオフィスで働きたいって人ばっかりだったんですよね？　そんな中で自分だけオフィスワーク以外の仕事するのって嫌じゃなかったですか？」

「抵抗はなかったけど、親戚には反対されたかな。私が大学出たのはもう二十年以上前だけど、当時は今ほど大学進学率が高くなかったから、せっかく大学出たのに勿体ないって言われてね。それでも私は介護の仕事がしたかったから、反対を押し切って就職したの」

「実際、やってみてどうでした？　思ったより大変だったとか、嫌になって辞めたくなったとか……」

「そうだね、大変なことはたくさんあったよ。外からイメージするのと、実際に経験するのは全然違うもんね。でも辞めたいって思ったことは一度もないよ。少しのことでも利用者さんがすごく喜んでくれるし、自分が人の役に立ってることがわかって嬉しかったから」

ああ、この人はやっぱり生まれながらのヘルパーだ。境遇は似ていても、俺とは全然違う――。罪悪感が胸を突き上げ、叫び出したくなるのを俯いて堪える。

「でもね、大石君、私は思うんだけど、どんな理由で介護をしてるかなんて、そんなに重要じゃないんじゃないかな」

田沼さんの言葉で俺は顔を上げた。田沼さんは俺のことをじっと見つめている。気遣わしげなその瞳は、いつも以上にお母さんみたいに見えた。

「どんな気持ちで仕事をするかは人それぞれだし、押しつけるものじゃない。熱心な人がいてもいいいし、割り切る人がいてもいい。大事なのは、介護の仕事をしてるっていう事実じゃないのかな。現に大石君はヘルパーとして働いてて、利用者さんでも職員でも、助けられてる人がたくさんいる。それだけで、十分ヘルパーとして求められていると言えるんじゃないのかな」

田沼さんの言葉一つ一つが、ゆっくりと心に染み込んでいく。俺が介護をしているのはあくまで仕事だからで、嫌々やってるから気持ちは伴ってなくて、それじゃいけないと思いながらも心を入れ替えることはできなかった。

だけど田沼さんは、それでもいいと言った。こんな面倒くさくて素直じゃない俺でも、ヘルパーとして求められていると言ってくれた。

「それにね、大石君、そうやっていろんなことで悩んでる時点で、もう割り切ってるとは言えないんじゃないのかな？」

意外な言葉が田沼さんの口から飛び出す。俺は当惑して田沼さんを見返した。

「大石君が悩んでるのは、自分の介護が利用者さんのためになってないって考えてるからだよね？　義務的な介護じゃされる方も嬉しくないって」

「……そうです」

「でもね、そうやって利用者さんの気持ちを考えられる時点で、大石君は十分この仕事に向き合ってると思うんだ。本当に割り切ってたら利用者さんがどう思うかなんて考えないし、介助だってもっと適当になると思う。でも大石君はそうじゃないでしょ？　必要な介助をして、利用者さんがどう思うかをずっと考え続けてる。それができるってことは、大石君にもヘルパーの適性があるってことだと私は思うよ」

ヘルパーとしての適性。年寄りも人の世話も好きじゃない自分にそんなものがあるなんて考えたこともなかった。だが田沼さんが単に気休めを言っているとは思えない。自分で気づいていないだけで、俺はちゃんとヘルパーの仕事ができていたんだろうか。人生の最後を彩る、ヘルパーの仕事が——。

そこでナースコールが鳴ったので会話は中断された。田沼さんが応答し、少し話を聞いてからすぐに切った。

「西村さんがトイレ行きたいみたいだから、私行ってくるね」

「あ、俺が行きますよ。さっき吉原さん行ってもらいましたし」

「いいよ。大石君もいろいろ考えて疲れたでしょ？　ちょっと休んで気持ち落ち着けた方がいいよ」

「でも俺、さっきから全然仕事してませんし……」

「そんなことないよ。四時の巡回は行ってもらったし。もうすぐ次の巡回も始まるしね」

言われて時計を見ると五時四十五分だった。いつの間にかかなり話し込んでしまったらしい。

「戻ったら六時の巡回行こうか。終わったらそのまま朝ケアに入るから、先に食堂の準備しておいてくれてもいいよ」

「わかりました。テーブル消毒して、厨房からお茶持ってくればいいんですよね？」

「うん。後はカーテンも開けておいて」

「了解です」

田沼さんと別れて食堂に向かう。台拭きと消毒液の用意をし、テーブルを拭いて回りながら俺は田沼さんとの会話を反芻していた。

介護の仕事。人生の最後を彩る尊い仕事。その話に感動して、これからは心を入れ替えて頑張ろうと一念発起したわけじゃない。だけど、これまでは職業名を口にするのが恥ずかしくて、底辺だとしか思えなかった仕事が、今は少しだけ、違って思えていた。

仕事に対する意識がすぐに変わるわけじゃない。でも——もしかしたら、これから変わっていくことはあるかもしれない。

　テーブルを一通り拭いたところで、窓辺に近づいてカーテンを開ける。閉め切っていたカーテンを開けると一筋の光が差し込んできた。朝の日差し。長い夜の果てに届いたそれは、どこを見ても暗闇だらけだった時間が間もなく終わろうとしていることを伝えてくる。今、室内に届く日差しはほんの少しだが、きっと窓の外に広がる住宅街は、もっともっと明るく眩しい光に照らされているのだろう。

　いつか自分も、その光を浴びるときが来るだろうか。夜明けの街をこの目で感じ、そこに足を踏み出して、進んで行けるそのときが。


　田沼さんが戻ってくるとちょうど六時になった。これから六時の巡回が始まる。夜勤の巡回はこれが最後であり、田沼さんも最後のレクチャーをしてくれた。

「まずは一通り巡回してパッド交換ね。リハパンの人はこのタイミングでテープ留めからリハパンに替えておいてね。全部の部屋を回ったら六時半くらいになると思うから、それから順番に食堂に誘導してもらえる？　そのくらいの時間になったら、早出の人も来てくれると思うから」

「わかりました。今日の早出誰でしたっけ？」

「二階は潘さんだね。朝食が始まったら私は一階の方に行くけど、大丈夫だよね？」

「はい。朝ケアはもう何回もやってるんで」

「そっか。頼もしいね。じゃ、もう一頑張りしようか」

田沼さんが微笑んで詰め所を出て行く。俺もすぐ後に続いた。すでに十二時間近く働いているのに不思議と身体は軽い。

居室に行くと何人かの利用者さんは起きていた。杉山さんもまた起きていてテレビを観ていた。特に興奮している様子はない。

「朝ご飯までまだ時間あるんで、直前にまた呼びに来ますね」

「はいはい、ありがとねぇ」

そう言ってにっこり笑った杉山さんは本当にいつもどおりだった。徘徊のことは忘れているのだろう。寂しさも忘れていてくれるといいのだが、と思いながら俺は居室を出た。

一通りパッド交換を終えるとちょうど六時半になっていた。食堂に向かおうとしたところで出勤してきた潘さんと鉢合わせする。

「ああ大石君、おはよう。初めての夜勤はどうだった？」

「あ、潘さんおはようございます。そうですね……割と落ち着いてたと思いますよ。菊池さんのセンサー鳴ったり、杉山さんが徘徊したりしましたけど、どっちも一回だけでしたし」

「そう。じゃあ問題なさそうだね。これからは夜勤もガンガン入れていくから覚悟しといて」

にこりともせずに言って潘さんが更衣室に向かう。俺は苦笑してその背中を見送った。この人は相変わらず容赦がない。

その後、潘さんと二人で順番に利用者さんを起こして食堂に誘導していった。早出で来た他のヘルパーさんとも途中ですれ違ったので挨拶する。田沼さんだけでも十分心強かったけど、人が増えた方がやっぱり安心だ。

朝ケアは特に滞りなく過ぎた。食事の手が止まっていたり早く帰りたがったりする人はいるけどそれはいつものことで、俺は食介をしたり声をかけたりして時間を過ごした。いつもはそうした行動をするたびに嫌気が差したものだが、今は不思議とこなせてしまっている。

「大石君、今日いつもより元気そうだね。夜勤でなんかあった？」

目ざとく俺の変化に気づいたらしい潘さんが金田さんの食介をしながら尋ねてくる。やはり益川さんの食介をしていた俺は少し考えてから答えた。

「そうですね……。夜勤って時間長い分、いろいろ考えることがあって。そこでちょっと気持ち吹っ切れた気がします」

詳細を語ることまではしなかったが、潘さんは何かを察したのだろう。「そう」と言って頷いただけですぐに金田さんの食介に戻ってしまった。口元が笑っていた気もするが見間違いかもしれない。

その後、早めに出勤してきた郷田さんが見守りに入ってくれたので、食事を終えた利用者さんを潘さんと二人で誘導して回った。誘導をしていると時間があっという間に経ち、全員の誘導を終えた頃には八時半を回っていた。田沼さんも一階から戻ってきたので、三人で経過表を記入する。その後、潘さんが入浴の準備をすると言って詰め所を出て行き、二人になったところで田沼さんがにっこり笑って言った。

「朝ケアも終わったし、後は朝礼だね。夜勤は朝礼で申し送りをするんだけど、今日は大石君やってみる？」

「え、俺がですか？」

「うん。夜勤の申し送りは聞いたことあるでしょ？　あれと同じような感じで、特変の人だけ報告すればいいから」

「今日の特変っていうと……杉山さんと菊池さんくらいですか？」

「そうだね。さっき鈴木さんにも聞いてきたけど、一階と三階の方は何もなかったみたいだから、その二人のことだけ報告して、後は『お変わりありません』って言えばいいよ」

「わかりました」

二人分の報告をするだけなら一分もかからないだろうが、それでもいきなり発表するとわかって緊張する。何て言おうか考えている間に時間になったので、田沼さんと一緒に事務所まで下りていく。すでにみんな集まっていて、郷田さんや生活相談員、ケアマネにナース、それに鈴木さんと一階と三階のヘルパーといった、出勤しているメンバーがずらりと並んでいる。

「じゃあ朝礼始めます。まず夜勤から」

「あ、はい！」

いきなり郷田さんに指名されてあたふたとメモを読み上げる。緊張して何回か噛んでしまったが、特に誰からも何も言われず、あっさりと次の連絡事項に移った。冷や汗を搔きつつ息を吐き出す。報告する人数が多くなるともっと緊張するんだろうな。

その後、全体の申し送りが終わったところで解散になった。一人で詰め所に戻ろうとすると、郷田さんが声をかけてきた。

「おう大石、昨日初めての夜勤だったんだろ。どうだった？」

「あ、はい。比較的落ち着いてましたよ。田沼さんに何回も助けてもらって、ちょっと申し訳なかったですけど」

「お前はまだ入って四か月なんだ。助けてもらうのは当たり前だろ？　これから一人前になって返していきゃあいいんだよ」

郷田さんが力強く言って肩を叩いてくる。これから、という言葉を聞くたびにいつもは申し訳なさが込み上げてくるのだが、今は素直にはい、と頷くことができた。


詰め所に戻ると九時だった。鈴木さんの勤務はこれで終わりだ。鈴木さんは俺の方をちらりと見て、「お疲れ」とだけ言って帰っていった。郷田さんのように初夜勤の感想を聞いてくることもない。やっぱり取っつきにくい人だと俺は苦笑したくなった。

俺の勤務時間は残り一時間。今日は三階の人手が足りていないらしく、遅出の人が来るまでのヘルプとして田沼さんは三階に行った。潘さんは入浴に行っていたので、俺はフロアにいる利用者さんの水補をすることにした。山根さん、菊池さんと順番に声をかけ、それからテレビの前にいる村上さんのところに向かう。

「村上さん、おはようございます。お茶飲みませんか？」

村上さんが無言でこっちを見る。最初の頃は目も合わせずに速攻で「いらん」と言われていたのに、最近はそうした反応はない。俺がお茶の入ったコップを差し出すと、一口だけ飲んですぐにテーブルに戻した。それだけのことが、少しだけ嬉しかった。

その後、益川さんの水補をしていると十時になり、井上君が出勤してきた。遅出なのにまた欠伸をしている。

「あぁ……やっぱ朝はだりぃ。あ、大石さんはよっす。夜勤どうでした？」

「あ、おはよう井上君。思ったより大変じゃなかったよ」

「マジっすか？　杉山さんとかヤバかったんじゃないんすか？」

「確かに昼間とはちょっと違ったけど、全然『夜の女』って感じじゃなかったよ」

「はー、マジっすか。どんな風に豹変するか楽しみだったんすけどねぇ」

なぜか残念そうに井上君が言う。自分は夜勤に入らないから他人事だと思ってるんだろう。俺はあえて言ってみた。

「井上君も夜勤入ってみたら？　暇な時間多いし、五千円手当てもらえるし得だと思うよ」

「やー、いいっすわ。夜勤入るってことは社員なるってことでしょ？　俺、社員になる気は一切ないんで」

「じゃあバイトで夜専になるのは？　朝苦手だったらちょうどいいんじゃないかな」

「いや、いいっす。俺、長くこの業界にいるつもりないんで」

井上君の返事は素早い。彼の中では、やっぱりこの仕事は底辺という位置づけなんだろう。俺は特に否定することもなく頷いた。

「あ、大石君。お疲れさま」

三階から戻ってきた田沼さんが声をかけてきた。壁の時計を見てから俺に視線を戻す。

「もう十時だね。井上君も来てくれたし上がってもいいよ」

「そっすね。トイレとかで呼び出されないうちにさっさと帰った方がいいっすよ」

井上君も同意してから巡回へと向かった。談話室には数名の利用者さんと俺、田沼さんだけが残される。俺は背筋を伸ばして田沼さんに向き合った。

「田沼さん、いろいろと助けてもらってありがとうございました。話も聞いてもらって、ちょっと気持ち軽くなった気がします」

改まった気持ちで田沼さんに頭を下げる。初めての夜勤。不安で憂鬱で、終わった頃には絶対疲れ果てていると思っていた。でも実際はそうはならず、逆にあと何時間か働いても平気なくらい元気でいられている。それもみんな田沼さんのおかげだ。

「ううん、いいの。私も大石君とゆっくり話せてよかった」

田沼さんが微笑んだ。夜勤明けの疲れをまったく感じさせない笑顔だ。

「でもあんまり悩みすぎないでね。私達も利用者さんも、大石君がいてくれて本当に助かってるんだから」

「はい、ありがとうございます」

ありがとう。介護施設じゃ日常的に飛び交うその言葉を、俺は実感を込めて呟いた。普段は条件反射的に使ってしまうことも多いけど、利用者さんがそれを口にする場合、心から言ってくれていることもあるんじゃないだろうか。大変な思いをしながらも自分達の面倒を見てくれるヘルパーに、本心から感謝を伝えようとして。

『大変だって思うことはあるけど、利用者さんから感謝されたら嬉しいし、辞めたいとは思わないかな』

『大石君だって、ありがとうって言われたら嬉しいでしょ？　それと同じだよ』

いつか聞いた美南ちゃんの言葉が蘇る。あのときは腑に落ちなかった言葉の意味が、今なら少しだけ、わかる気がした。

更衣室に行って着替え、事務所のメンバーに挨拶しながら施設を出る。人が働き始める時間に帰れるというのは少し得した気分だ。明けの次は必ず休みと決まっているので、今日と明日で連休になる。といってもものすごく眠いので、帰ったら速攻で布団にダイブするだろうけど。

日は高く昇っていて、日差しが暖かく、というより暑いくらいに降り注いでくる。もう八月なんだから当たり前だなと思い、ふと、昨日が誕生日だったことを思い出した。

二十三歳の夏。人生で一番憂鬱だと思っていた誕生日は、意外と嫌なものじゃなかった。むしろ家で一人ダラダラ過ごすよりも意味がある一日だったかもしれない。

ポケットに両手を突っ込み、天を仰ぎながら一人帰路につく。夜勤明けの青空は、不思議といつもより明るく見えた。

CARE 5　求める人が、いるのなら

「辞める？」

アライブ矢根川の詰め所で発せられたその一言がいやに大きく響く。談話室にいたヘルパーや利用者さんが驚いた顔でこちらを振り返った。

「辞めるって……何でいきなり？　そんな話全然聞いてないけど？」

自然と口調が責めるようなものになっている。今まで平気な顔して仕事をしていたのに、いきなり退職の話を聞かされて戸惑っているのだ。

「考え直した方がいいんじゃないの？　せっかく半年近く続けてきたのに……」

談話室から向けられた視線を避けるように、俺は詰め所の陰に身体を隠した。相手の声を聞いてから何度か頷き、深々とため息をつく。

「……そっか。まぁお前もいろいろ考えたんだろうし、俺がどうこう言う話じゃないよな。わざわざ知らせてくれてありがとう。また何かあったら話聞くよ」

じゃ、もうすぐ休憩終わるから、俺がそう言った数十秒後に電話は切れた。ブーッ

ブーッという通話終了音を聞きながらスマホを耳から離し、小さくため息をつく。

「大石君、どうしたの？　なんか辞めるとか聞こえたけど」

談話室から戻ってきた潘さんが尋ねてくる。俺は眉を下げて頷いた。

「そうなんですよ。俺の高校時代の同級生で、銀行に勤めてる奴がいるんですけど、さっき電話かかってきて、急に仕事辞めるとか言い出して……」

「そうなの？　銀行なんて堅い仕事だし、辞めちゃうなんて勿体ないと思うけど」

「俺もそう言ったんですよ。でも相手が言うには仕事かなりキツいらしくて、ちょっとでもミスしたらすごい怒鳴られるらしいんです。お金扱う仕事だからミスしちゃいけないのはわかるけど、それでもプレッシャーで頭おかしくなりそうだって」

「ふうん。まぁ確かにお金扱う仕事は気遣うよね。でもそれ知らせるためにわざわざ電話してきたんだ？」

「はい。すぐ済むと思ったんでここで電話出たんですけど、まさかそんな深刻な話されると思わなかったんでびっくりして……」

「まぁそうだよね。みんなに宣言しなきゃいけないほど追い詰められてるってことなのかな。だとしたらちょっと気の毒だけど」

確かに電話越しに聞こえるテルの声は切羽詰まっていて、本当にヤバい状態であることは察せられた。でも、あいつが電話してきたのはそれだけが理由じゃない。

『なぁマサ、俺仕事辞めようと思うんだ』

開口一番そう告げられたのが五分くらい前のことだ。いきなりの発言に俺は面食らい、「辞める?」と大声で聞き返してしまった。その後でテルは、さっき言ったプレッシャーで頭がおかしくなりそうだという話をしてきた。お金を扱うだけに細かい仕事も多く、自分では確認しているつもりなのだがそれでもミスが発生し、そのたびに上司に公然と罵倒されるのだと言っていた。おまけに営業職の先輩もノルマがキツい、毎月のように身銭を切っていると日々嘆いているらしく、それで余計に将来に希望が持てなくなったのだとか。

金融業界の内情を知らない俺は黙って話を聞いていたのだが、ふと疑問を覚えて尋ねた。

「でもさ、みんなの前で怒鳴るとかパワハラじゃないの? 人事に相談できないのか?」

『いやー難しいな。何ていうか、うちの会社の体質がそういう感じなんだよ。気合いさえあれば何でもできるみたいな根性論が中心で、できないのは甘えだって考えてる奴が多いんだ。だから先輩も、どう考えても無理だろって額のノルマ平気で押しつけられてさ。俺も将来ああなるのかなって考えたら、早いとこ撤退した方がいいかと思って』

「はぁ。でもやっぱり勿体なくないか? 銀行員なんて人気の仕事だし、誰でもできるわけじゃないのにさ」

『うん、それは正直俺も思った。銀行員って実際ステータス高いし、合コンとか行っても女の子の受けいいしな。でも、そういう外面の理由だけじゃそろそろ限界になってきたんだ』

「……そっか。まぁお前もいろいろ考えたんだろうし、俺がどうこう言う話じゃないよな。わざわざ知らせてくれてありがとう。また何かあったら話聞くよ」

そんな一連の会話を終えたところで「じゃ、もうすぐ休憩終わるから」と言って俺は通話を終えようとしたが、そこですかさずテルが言った。

『なぁマサ、お前も一緒に辞めないか？』

一瞬、何を言われたのかわからず、俺はすぐに返事ができなかった。テルは続けた。

『お前も介護なんて早く辞めたいだろ？　介護ってキツいし汚いし給料安いし、いいことなんか一つもねぇもんな。そんな底辺の仕事続けても時間無駄にするだけだって』

いや、俺は、と言いかけて声が出ない。テルは『五か月も続けたんだから十分だろ。転職活動、一緒に頑張ろうぜ』と一方的に言って電話を切ってしまった。ブーッブーッという通話終了音を聞きながら、テルはこれを伝えるために俺に電話してきたんだろうかと考えた。

「……あ、言ってる間に二時だね。あたし午後の入浴行ってくるわ」

「じゃあ俺は巡回行ってきます」

それぞれの予定を確認してから潘さんと二人で詰め所を出る。表面上はいつもどおりの光景だが、その実俺の心は揺れていた。

転職。テルから聞かされたその言葉がずっしりと心にのしかかり、廊下を歩く足取りは自然と重いものになっていった。


田沼さんと初めての夜勤に入ってから三週間が経った八月下旬。俺は驚くほど順調に仕事ができていた。

少し前まではとにかく仕事に行くのが憂鬱だった。ダサいピンクのポロシャツに着替えるのも、延々と水補のノルマをこなし続けるのも、便の臭いを我慢しながらパッド交換をするのも、Tシャツと短パン姿で汗だくになりながら人を風呂に入れるのも、何もかもが嫌で仕方がなかった。

だけど、田沼さんに悩みを相談し、今の自分を肯定してもらえたことで心が軽くなり、それ以来少しずつ気持ちが前向きになっていった。排泄介助も入浴介助も前ほど嫌がらずにできるようになり、利用者さんとのコミュニケーションも手探りながらも取れるように

なってきた。その変化は他のヘルパーにも伝わったのか、井上君から、

「大石さん、最近調子よさそうっすね。なんかいいことあったんすか？」

と訊かれたり、松井さんから、

「大石君、最近元気そうだねぇ。仕事楽しめるようになったんじゃない？」

と笑いかけられたりした。俺はそのたびに「別に何も変わってないですよ」とごまかしていたのだが、自分でも気持ちの変化は感じていた。田沼さんだけはその理由を察してくれているようで、黙って微笑みながら俺達のやり取りを見つめていた。

そんなわけで、最初の頃に比べると気持ちもだいぶ穏やかになり、転職について考える機会も減っていった。その矢先にテルから連絡があったのだ。

テルは介護の仕事を底辺だと言った。キツくて汚くて給料安くて、いいことなんか一つもない仕事だと。俺もずっとそう思っていて、今もその考えが消えたわけじゃない。

前ほど仕事が嫌ではなくなったといってもそれは一時的なことで、前向きに仕事を頑張ろうと心を改めたわけじゃない。介護の仕事なんて誰でもできるし、パソコンとか電話対応のスキルは身につかないし、職業名を言えば同情的な目で見られるし、そんな仕事を続けたって確かにいいことなんか一つもない。職場環境だけ見ればいいのかもしれないけれど、それだけを理由に仕事を続けたらきっと後悔する。俺は今でも介護の仕事が好きに

なったとまでは言えないし、潘さんや田沼さんのように一生この仕事を続けていこうとまでは思えない。その覚悟がないまま仕事を続けたら、いずれ歳を取ったときに後悔するんじゃないだろうか。もっと若いうちに転職しておけば、『普通』の仕事に就くチャンスもあったのに、と。

調子がよくなったと思えた俺のヘルパー生活だったが、テルからのその電話によって一転、またしても暗雲垂れ込める日々が再来することになったのだった。

もやもやした気持ちを引き摺りながら仕事を終え、俺は更衣室で制服から私服に着替えていた。

今日は久々の日勤だった。ここのところ夜勤が増えているので人と同じ時間に帰るのは珍しい。久しぶりに飯でも食いに行こうか、それより早く帰って寝た方がいいかなと考えていると更衣室のドアが開き、一人の男性が入ってくる。紺色のポロシャツを着た背の高い男性。ナースの野島さんだ。

「あ、大石君お疲れさま。今日は日勤？」

「あ、野島さんお疲れさまです。そうなんですよ、この時間に帰るの久しぶりで」

「そういえば最近更衣室で会うことないよね。やっぱり今は早出とか遅出が多いの？」

「そうですね。あと最近は夜勤にも入るようになったんで、日勤は月に一回あるかないかですね。春に日勤ばっかり入ってたのが嘘みたいです」

「まぁパートさんとかだと日勤しかできないって人も多いから、どうしても社員が穴埋めすることになるよね。時間不規則になって体調崩してない？」

「それは大丈夫です。毎日出勤時間違うのってもっと大変かと思ってましたけど、慣れてくると意外と平気なんですね」

「そうだよね。僕も病院勤務だったときは三交代制だったけど、前後に用事済ませられるから意外と便利だったな。夜勤明けにちょっと寄り道して優越感味わったりして」

「あ、わかります。人が働いてる時間に自由にできるのって気分いいですよね」

他愛もない会話をしながら二人して制服を着替える。日勤に入る機会が減った分、更衣室で野島さんと話す機会も少なくなった。せっかくだしもう少し話したいなと思っていると、野島さんがふと思いついた様子で言った。

「あ、そうだ大石君。今日空いてる？　よかったらご飯でも食べに行かない？」

「え、いいんですか？」

「うん。前から行きたいとは思ってたんだよね。仕事中はなかなか話す機会ないし、どうかな？」

「いいですよ。俺も野島さんとはゆっくり話したいと思ってました」

介護施設の職員はどうしても女性が多いので、野島さんみたいな歳の近い男性は貴重だ。テル達には通じない仕事の話も、野島さんなら理解してくれるだろう。思いがけない誘いに心が浮き立つのを感じながら、俺はポロシャツとジャージを鞄にしまった。


その後、野島さんと連れ立ってアライブ矢根川を出発し、十五分ほど歩いて駅前まで戻ってきた。野島さんも電車通勤らしく、二駅先で一人暮らしをしているとのことだ。そこもやっぱり住宅街で近くに飲食店はほとんどないらしいので、ここの駅前で店を探すことにした。といってもこっちも飲食店の数は少なく、居酒屋は二軒しかなかった。迷った末に値段が安そうな方に入る。オフィス街ではないせいか客はほとんどおらず、俺達は一番奥の席に陣取ることができた。

「で、大石君、どう？　仕事の調子は」

二人して注文したビールで乾杯し、お通しを食べているところで野島さんが尋ねてきた。俺は枝豆を剝きながら何と答えたものか考える。

「そうですね……。五か月経ってやっと慣れてきたかなって感じです。排泄とか入浴とか一通りの仕事覚えて、夜勤も入るようになりましたし」

「そっか。新しい仕事は上手くやれてる？」

「たぶんやれてると思います。特に注意されることもないんで」

「そっか、ならよかった。いや、実は僕ちょっと心配してたんだよ。ほら、前話したとき、大石君この先どうなるか不安だって言ってたじゃん？　だから仕事どうなのかなって思って」

「ああ……そういえばそんなこと言いましたね」

あれは五月頃のことだったと思う。入社二か月目。配属当初から介護の仕事に嫌気が差していた俺は、更衣室で一緒になった野島さんにそれとなく本音を零したのだ。自分が介護の仕事を続けられるかわからずに不安なこと。でも野島さんはそれを、新しい仕事を覚えられるか不安がっていると解釈したようで、一つ一つの仕事を順番に覚えていけばいいと言って励ましてくれた。わざわざ誤解を解く必要もないと思って黙っていたのだが、結果として本心を偽ることになってしまった。

「でも大石君が続けてくれてよかったよ。ほら、もう一人入った子はすぐ辞めちゃったし、大石君も同じことになるんじゃないかって心配してたんだ」

野島さんが安心したように笑う。一週間でバックれた同期のことを言っているのだろう。実は俺も真似しようとしたことがあったんですとはさすがに言えなかった。

「野島さん、俺が辞めるんじゃないかって気にしてくれてたんですか？」

「うん。ほら、介護の仕事って離職率高いからさ。入ってもすぐ辞めちゃう人が多いんだよね。特に若い人だと、他にもできる仕事があるって思って辞める子も多いみたいで」

まさに俺がその状態だ。仕事に将来性を見出せなくて、若いうちに退路を見つけようと考えている。野島さんはそんな俺の本音に気づいていないのだろうか。そのことを意識すると急に罪悪感が込み上げてきて、気がつくと俺は零していた。

「でも、この先も続けられるかはわからないですよ。五か月は何とか続けてきましたけど、それ以上続けたいかって訊かれると……」

「え？　あれ……そうなの？」

唐揚げに箸を伸ばした野島さんが手を止めて尋ねてくる。仕事に慣れてきたと言った矢先に退職の話を聞かされるとは思わなかったのだろう。俺は俯きながら頷いた。

「……本当は最初からずっと辞めたいと思ってたんです。俺がこの会社に入ったのは就活に失敗したからで、介護がしたかったからじゃありません。だから仕事してても嫌だとしか思わなくて、早く辞めることばっかり考えてました。最近はちょっとマシになりましたけど、だからって仕事好きになれたかって聞かれたら微妙で……」

「そう……なんだ」

箸を皿に置き、野島さんが黙ってテーブルに視線を落とす。いきなり重い話を聞かされて食事を続ける気になれずにいるのだろう。楽しいはずの雰囲気をぶち壊しにしてしまって申し訳なかったが、撤回することも、茶化すこともできそうになかった。

気まずい沈黙が流れた後、野島さんがいかにも申し訳なさそうに眉を下げて言った。

「……そっか。大石君が辞めたがってるなんて全然知らなかったな。気づいてあげられなくてごめんね」

「いやそんな、野島さんが謝ることじゃないですよ。俺の方こそすいません。誘ってもらったのに変な話しちゃって……」

「ううん、いいよ。それで、その、大石君が辞めたいって考えてるのはどのくらいの気持ちなのかな。もう今すぐ辞めたいって感じなの？」

「そうですね……。本当は入ってすぐにでも辞めたかったんですけど、そんなすぐ辞めても次のとこで雇ってもらえないと思って、半年は続けようと思ってました」

「半年、ってことはもうすぐだね。じゃあ来月で辞めるつもりなの？」

「そう……なりますね」

来月。言葉にされると急に期日が実感をもって迫ってくる。あと一か月で俺は介護の仕事とおさらばして、いずれはスーツを着てオフィスで働くカッコいい仕事に就く。ずっとその日を待っていただけにもっとワクワクしてもいいはずなのに、どうして明るい気分になれないんだろう。

「そっか……大石君もいろいろ考えてたんだね。でもさ、やっぱり勿体ないんじゃないかな？　さっき大石君も言ってたけど、やっと仕事に慣れてきたとこなんだよね？　今までは仕事覚えるだけで精一杯だったかもしれないけど、この先は少しずつ余裕が出てきて、仕事面白いって思うことも出てくるんじゃないかと思うんだけど……」

自分の気持ちを赤裸々に語っても野島さんは俺を責める様子を見せない。むしろ俺を引き留めようと親身になって言葉をかけてくれている。その心遣いは有り難かったが、素直に受け取る気にもなれずにいた。

「確かに慣れたのは事実ですけど、それで惰性《だせい》で続けるのも嫌なんですよね。自分がこの仕事しかできなくなるのが怖いっていうか……」

「そんなに介護の仕事が嫌なの？」

「はい。高校とか大学の友達でも介護の仕事やってる奴なんか一人もいなくて、そういう奴らと話すたびに惨めな気持ちになるんです。何で俺だけこんな底辺の仕事してるんだろうって……」

「底辺、かぁ……。僕はそんな風には思わないけどなぁ……」

「でも野島さんはナースじゃないですか。ヘルパーより給料もステータスも高いですし、俺の気持ちはわからないと思います」

言ってからしまった、と思った。こんな攻撃的な言い方をするつもりはなかったのに、つい八つ当たりをしてしまった。野島さんは怒っただろうか。恐る恐る顔を見たが、野島さんは怒るどころかなぜか申し訳なさそうな顔をしていた。

「……そうだね。僕は大石君とは立場が違うし、大石君の気持ちを全部わかってあげられるわけじゃない。でもね、大石君、僕は気休めでこんなこと言ってるわけじゃないんだよ。僕だってナースになりたての頃は、仕事辞めることばっかり考えてたんだから」

「そうなんですか？」

俺は心底びっくりして尋ねた。ナースの仕事について野島さんから愚痴を聞かされることはなかったので、何となく仕事に満足していると思っていたのだ。

野島さんは天井を仰ぎ、記憶を辿るようにして話し始めた。

「僕もさ、昔はナースになるつもりなんてなかったんだよ。普通にみんなと同じように就職して、営業とか事務とか、とにかくオフィスで働く仕事するんだって思ってたから。でも中学生のときに母親が離婚して、それからは母子家庭で育ったんだけど、母親は高校を中退してたから仕事探すのにも苦労してね。そういう姿を見てきたから、自分は何か手に職をつけた方がいいかなって思うようになったんだ」

「それでナースになろうと思ったんですか？」

「うん。ナースなら一生ものの資格だし、男が少ないから重宝されると思ったんだ。いろいろ調べて看護学校に入学して、三年で卒業して病院に就職した。でも入った当初は続ける自信がなかったよ」

「何でですか？」

「一番は仕事のハードさかな。勤務時間が長いとか不規則とか、労働条件的な大変さもあったけど、それ以上に精神的な負担が大きくてね。入院される患者さんの中には、ご自分の病気を過小評価してる人が何人かいるんだ。実際は治る見込みのない重病なのに、すぐに退院して元の生活に戻れるって信じてる。そういう患者さんは医師から説明してもなかなか納得してもらえないんだけど、身体の一部が痙攣《けいれん》して、動かなくなってっていう症状を見ていくうちに少しずつ自分の病気を実感されていくんだ。そうすると今度は混乱されて、病院側に怒りとか不満をぶつけてくることもある。その気持ちを受け止めるのが結構大変でね……。『治してほしい』って言われても、こっちは何もできないからただ話を聞くしかない。そしたら相手はパニックになって余計に怒るか、泣いてしまうこともある。それを見てるのもまた辛くてさ……。患者さんを支えるのがナースの仕事だとは言うけど、口で言うほど簡単じゃないんだって思ったよ」

　野島さんが小さくため息をつく。普段から人のことを気にかけている野島さんのことだ。きっと患者さんにも共感して苦しくなっていたんだろうと想像がついた。

「一番辛かったのが、脳卒中の患者さんを担当したときかな……。高田さんっていう四十三歳の男性で、三か月くらい入院してたんだ。長期の入院だったから自然と関わる機会も多くなって、いろんな話をしたんだ。仕事のこととか、ご家族のことなんかをね。高田さんって結婚はされてたけどお子さんはいなかったから、僕のことを自分の子どもみたいに思ってくれたみたいでね。巡回に行くたびに『おう』なんて言って出迎えて、逆に僕の話を聞いてくれることもあったんだ。だから僕も、途中から患者さんっていうよりお父さんみたいに思ってたよ。早く退院して、元気になった姿を見せてほしいって思ってたんだけど、ある日突然容態が悪くなって、そのまま亡くなったんだ……。ドクターも全然予想してなかったから、本当に驚いてね……。昨日まであんなに元気で、普通に話して、『また明日』って言って別れたのに……」

　当時のことを思い出したのか、野島さんが拳を握りしめて何かを堪えるような表情をする。俺は何とも口を挟めず、黙って冷めていく料理を見つめた。

「その後で僕、いろいろ考えたんだ。高田さんは急変して亡くなったけど、その前に何か前兆がなかったのかなって。日頃から患者さんのお世話をしてる以上、ナースは患者さんの変化にいち早く気づける立場にある。だから僕がもっと高田さんのことをよく観察してれば、高田さんの異変にも気づけたんじゃないかって思ってさ……。一度そう考えだしたらもう止まらなかったよ。僕みたいな経験の浅いナースじゃなくて、もっとベテランのナースが担当だったら、高田さんは、亡くならずに済んだんじゃないかって……」

「そんなこと……」

ない、と言いたかったが、その言葉をぐっと堪えた。野島さんが高田さんの異変を見逃したかどうかなんて俺にわかるはずがない。野島さんが親身になって俺に向き合ってくれた以上、俺も安易な励ましなんてするべきじゃないと思った。

「……それで、空になったベッドを一人で片づけてると、高田さんの奥さんが待合室に来てるってことを同僚から知らされてね。診療時間は過ぎてたから、待合室に行くと他には誰もいなくて、奥さんが一人で座ってた。僕、高田さんが亡くなったのは自分のせいだって思ってたから、奥さんに謝ろうとしたんだけど、上手く言葉が出てこなかった。そしたら奥さんの方から僕に言ってきたんだ」

『野島さん、ありがとう。野島さんが担当でよかった。あの人はいつもあなたのことを話してた。あなたが来るのを楽しみにしてて、それで入院生活を乗り切れたの』

「……まさかそんな風に感謝されるなんて思ってなかったから、僕、びっくりして泣いちゃってね。それを見て奥さんももらい泣きして、しばらく二人で泣いてたっけ」

懐かしい思い出を語るように野島さんがふっと表情を緩める。細められたその目を見つめながら、野島さんには今もその光景が見えているのかもしれないと俺は思った。

「それからかな、辛くてもこの仕事を続けたいって思うようになったのは。それまではどっちかっていうと生活のために仕事してる感じだったんだけど、そのときから、もっと患者さんに寄り添いたいって思うようになった。僕達ナースが患者さんに寄り添うことで、高田さんみたいに救われる人も中にはいるかもしれない。そう思ったら、中途半端な気持ちで仕事しちゃいけないって考えるようになってさ」

「そう、ですか……」

相槌を打ちながらも、俺は少しずつ気持ちが冷めていくのを感じていた。野島さんも仕事を辞めたがっていたという話を聞き、てっきり俺と同じように嫌々仕事をしていたのかと思っていたのだが、実際には野島さんは最初からちゃんとしたナースだった。患者さんの痛みを自分のことのように感じ、家族のように寄り添ってきた。だから患者さんにも家族にも感謝され、ドラマのワンシーンみたいな場面だって経験する。常に後ろ向きで、利用者さんのこともろくに考えられない俺とは違う。

「それでさ、大石君。僕は大石君に同じことがあってもおかしくないと思うんだよね」

「え？」

不意を突かれて顔を上げる。やっぱり俺は介護なんて向いてない。だから予定どおり半年で辞めよう。そう自分の中で結論づけ、食事を再開しようとした矢先にかけられた言葉だった。

俺がぽかんとしていると、野島さんは諭すように続けた。

「ヘルパーだってナースと同じように利用者さんの身近でお世話をするわけだし、その中で利用者さんとの関係は自然と築かれていくわけだよね？　だから僕は、大石君がヘルパーの仕事を続けたら、そのうち大石君のことが好きになって、大石君に介護してほしいって考える利用者さんが出てくるんじゃないかと思うんだ。そういう人に出会えたら、大石君自身もその人に応えようとして、ヘルパーを続けたいって思うようになるんじゃないかな」

意外すぎる励ましに言葉を返せない。俺に介護してほしいと思う人。そんな物好きな利用者さんがいるなんて到底思えなかった。

「いや、ないと思いますけどね。だって俺まだ新人ですし……」

「経験は関係ないよ。僕だって高田さんの担当をしたのは二年目のときだったからね。でも新人だからこそ、一つ一つの業務の意味を考えながら仕事に向き合っていくことはできると思うんだ。大石君が今悩んでるのだって、仕事に向き合おうとしてるからこそ出てくる悩みだと僕は思うし、そういう気持ちは、利用者さんにも伝わるんじゃないのかな」

「そうでしょうか……」

困惑をごまかすようにビールを口に運ぶ。野島さんはたぶん気休めじゃなくて、本当にそう思って言ってくれてるんだろう。わざわざ自分の昔話を持ち出したのも、俺にヘルパーを続けて同じような経験をしてほしいから。その心遣いは理解できても、それに応えられるかと訊かれたら話はまた別だ。ビールを飲んだにもかかわらず口の中は渇いていて、それに気づかない振りをして言葉を探す。

「……とりあえず、もうちょっとよく考えてみます。いろいろアドバイスしてもらってありがとうございました」

「うん、僕もいろいろ話聞けてよかったよ。もし考えた結果、大石君がやっぱり辞めることを選んだとしてもそれはそれでしょうがないと思う。大石君の人生は大石君だけのものだし、実際、若い方が選択肢は多いだろうしね」

「すいません本当に。いろいろ気遣ってもらって……」

「うん。ただ正直なところ、僕としては大石君に辞めてほしくないんだけどね。せっかく歳が近い後輩ができたんだし、一緒に頑張っていきたいってずっと思ってたからさ」

野島さんが眉を下げて笑い、自分もビールを口に運ぶ。さっき俺が飲んだビールはぬるくなっていてとても飲めたものではなかった。野島さんのビールだって同じだろうに、野島さんはそれをさも美味しそうに飲んでいる。そうすることで重くなった空気を緩和し、気軽に話せる場を取り戻そうとするみたいに。

その心遣いに俺は胸が痛くなった。本当に、何でアライブ矢根川の職員はこんなにいい人ばっかりなんだろう。テルの会社みたいにパワハラが横行していれば、辞めることに迷いを覚えることもなかっただろうに。


それから二週間が経った九月七日。俺は早出でアライブ矢根川に出勤していた。

あれ以来、俺のシフトは早出、遅出、夜勤のどれかで、更衣室で野島さんと話す機会はなかった。もちろん事務所や談話室で顔を合わせることはあったが、そのときも野島さんは何も言ってこなかった。俺の本心を知っていながらもそっとしておいてくれる。その気遣いが有り難くもあり、同時に心苦しくもあった。

テルからはあれから三日後に連絡が来て、宣言どおり退職したことを知らされた。辞める際にはかなり揉めたらしいが、押し切るような形で強引に辞めたそうだ。翌日にはさっそく転職エージェントに登録したらしい。切り替えの早い奴だ。

『あーブラックな職場とおさらばできてすっきりした！　マサ、お前もさっさと辞めちまえよ！　一緒に新しい世界に飛び込もうぜ！』

毎日のようにそんなLINEやら電話やらが来るので俺はいい加減うんざりしていた。もうちょっと考えさせてくれと返事をすると、

『え、何お前、まさか続けたいとか思ってんの？　介護みたいな底辺の仕事を？』

と本気で驚かれた。飲み会のときには期待の星だとか言ってたけど、やっぱり本心ではこの仕事を見下してたんだな。そう考えると連絡するのも面倒になり、それ以来LINEが来ても未読スルーしている。

昼ケアで金田さんの食介をしつつ、ぼんやりと今後のことを考える。テルが言いたいことは何となくわかる。いくらパッド交換や入浴介助が速くできるようになったところで普通の会社では活かせない。逆に外部からの電話を取ったりパソコンで書類を作成したりといった、普通の会社で求められるスキルはここでは一切身につかない。だから続けても時間の無駄、テルはそう言いたいのだろう。

実際、俺も春の頃には同じ作業を延々と繰り返すだけのこの仕事に嫌気が差し、辞めることばかり考えていた。なのに今は、テルのように意気揚々と辞める気になれない。そのことが自分でも意外だった。

「大石君、手止まってるけど？」

隣のテーブルで益川さんの食介をしていた潘さんが目ざとく言った。ぼーっとしていた俺は慌てて意識を引き戻し、金田さんに「もうちょっと食べましょかー」などと言いながらスプーンで食事を口に運んだ。

「大石君、最近ぼーっとしてること多くない？　介助してるときは集中しないと利用者さんに迷惑でしょ」

「あ、そうですよね……。すいません」

詫びつつ新しいカレーを掬って金田さんの食介をする。金田さんは特に不満げな様子もなくもしゃもしゃと口を動かしている。その隣では三島さんがエプロンの上にカレーを零しながらも自分で一生懸命食べている。途中で目が合ったので「美味しいですか？」と訊くと歯を見せて笑ってくれた。その笑顔に少しだけほっこりし、こういう場面は普通のオフィスワークじゃ経験できないだろうなと思う一方、雰囲気だけで流されていいんだろうかと疑問も湧く。

「あのさ、大石君、一つだけ確認しときたいんだけど」

食後の誘導を一通り終え、食事量を経過表に記入していると潘さんが声をかけてきた。俺は手を止めて潘さんを見た。いつもははきはきと物を言う潘さんだが、今はなぜか言うのをためらっている様子だった。俺が何だろうと思っていると、潘さんは唐突に尋ねた。

「大石君、辞めないよね？」

咄嗟にシャーペンを取り落としそうになる。潘さんは表情を変えずに続けた。

「大石君の様子が変になったの、友達が辞めるって話してた後からだから……。もしかしたら大石君も辞めるんじゃないかと思ったんだけど、違うよね？」

真正面から見つめられて何と返事をすればいいかわからない。勤務時間中にわざわざ質問してくるということが、潘さんがどれだけこの話題を気にしていたかを物語っている。

「や……やだな潘さん。変なこと言わないでくださいよ。俺、そんな話一言もしてませんし……」

笑顔を作って答えたが、顔が引き攣っていないか自信がなかった。潘さんは無表情のまましばらく俺を見つめ、やがて「そう」とだけ言って立ち去った。そのまま何事もなかったかのように廊下を歩いて行って洗濯室に入っていく。

いつもどおり仕事を始めた潘さんの様子を眺めながら、俺は意外な心地でいた。もしかして潘さんは俺のことを心配してくれていたんだろうか。俺が仕事を辞めようとしていることに気づき、場合によっては引き留めてくれようとした？

そんな考えが浮かんだものの、すぐに違うなと思い直した。潘さんはただ、これ以上ヘルパーの人数を減らしたくないだけなんだろう。人が辞めれば残っている職員に皺寄せが行くし、シフトを作るのだって難しくなる。だから予《あらかじ》め釘を刺しておいただけだ。迷惑をかけるなよ、と。

そう頭では理解しつつも、俺は内心そうじゃなければいいと思っていた。

俺をヘルパーとして必要としていて、それで声をかけてくれたのだ、と。


煮え切らない気持ちのまま昼ケアを終え、十二時から休憩に入った。この時間なら野島さんがいるかなと期待したが、休憩室に野島さんの姿はない。代わりにいたのは美南ちゃんだった。いつものように小ぶりの手作り弁当を行儀よく食べている。

「あ、大石君お疲れさま。今から休憩？」

「うん。美南ちゃんは何時から休憩入ったの？」

「予定は十一時半からだったんだけど、ちょっとケアが遅れたからさっき入ったとこ。昼からも入浴の準備しないといけないから、言ってる間に出ないと」

つまり今日もゆっくり話す時間はないというわけだ。同じ施設で働いているのに、何でこんな行き違いばっかりなんだと悲しくなる。

「……そういえば、あれから入浴は大丈夫?」

例のセクハラの件を思い出して俺は声を潜めて尋ねた。美南ちゃんも察してくれた様子で、眉を下げて「うん」と頷いた。

「フロア主任と郷田施設長で話し合ってくれたみたいで、当面小倉さんの入浴は外してもらうことになったの。だから今のところは問題ないよ」

「そっか。じゃあよかった。他の利用者さんからは何もされてない?」

「うん、大丈夫。まぁ、最初は正直心配で、フロア主任も女性の利用者さんだけにしようかって言ってくれたけど、そこまで迷惑かけられないから」

「迷惑なんかじゃないよ。施設がヘルパーのこと守るのは当たり前だし、美南ちゃんが我慢する必要なんてないから」

以前潘さんとした話を思い出しつつ実感を込めて言う。美南ちゃんはまだ申し訳なさそうにしていたが、それでも笑って「ありがとう」と言った。

「なんか大石君には助けられてばっかりだね。この前も仕事の話聞いてもらったし……」

この前というのは、初任者研修後に行ったご飯のことだ。美南ちゃんが探してくれたお洒落なイタリアンレストランで食事をした。いつもと違うシチュエーションで、関係が進展するかと密かに期待していたのだが全然そんなことはなくて、いつもどおり仕事の話をするだけで終わった。本当はもっと別のこと——彼氏がいるのか、俺のことをどう思っているのか、そういうことが知りたかったけど訊く勇気が出なかった。俺のいくじなし。

「別にいいよ。俺も美南ちゃんの話聞く機会あんまりなかったから、聞けてよかったし」

「でも愚痴みたいなことも言っちゃったから。嫌な気分にならなかった？」

「全然。逆に吐き出してくれて嬉しかったよ。美南ちゃん普段全然愚痴とか言わないから」

「あ、それ……フロア主任にも言われたよ。例の一件があった後のことだけど」

「例の一件って……小倉さんの？」

「うん……。私知らなかったんだけど、主任、小倉さんのこと潘さんから前もって聞いてたんだって。でも、そのときはそこまで深刻に受け止めてなかったみたいで、それで結果的に私に嫌な思いさせて、申し訳ないって言ってたよ」

「そうなんだ……」

休憩室で一人泣いていた美南ちゃんのことを思い出す。潘さんから話を聞いた時点で三階の主任が何かしらの対応をしていれば、美南ちゃんがあんな風に泣くこともなかったのだろうか。

「主任、そのことかなり気にしてたみたいで、あの後面談して、他にも困ってることないか聞いてくれたんだ。それでいろいろ話したんだけど、そこで言われたんだ。鮎川は一人で何でも抱え込みすぎだって。今度からは小さなことでももっと相談してほしいって。私、他の人に迷惑かけるのが嫌だからつい自分が我慢する方選んじゃうけど、それじゃ自分が潰れるだけなんだよね……」

美南ちゃんが眉を下げて苦笑する。実際、セクハラ被害に遭ったときも、美南ちゃんは誰にも相談せずに一人で泣いていた。俺がたまたま気づかなかったら今もセクハラは続いていたのかもしれない。自分よりも人のことを優先できるのは立派に思えるけど、その分付け込まれやすいんだということをあの一件で実感した。

「それからはね、私も思ってることを素直に言うようにしたの。利用者さんから言われたことを鵜呑みにするんじゃなくて、おかしいと思ったらすぐ主任に相談するようにしてる。私、今まで自分のために時間取ってもらうの申し訳ないって思ってたんだけど、主任はそんなこと思ってなかったみたいで、鮎川が何に悩んでるのか前よりわかるようになったって言ってもらえたの。それ聞いて私も、思ってること正直に言っていいんだって安心できるようになったんだ」

そう言った美南ちゃんの笑顔は相変わらず眩しかったが、以前よりも穏やかになったように思えた。もしかしたら美南ちゃんも、理想のヘルパー像を追いかけて無理をしていたのかもしれない。

「でも大石君はすごいよね。ほら、前に言ってたでしょ？　いい介護をするためには、まずはヘルパーが大事にされなきゃいけないって。あれ聞いて私、本当にそうだなって思ったんだ。入った時期は私と同じなのに、もうそこまで考えられるなんてすごいよね」

「あ……それはその、えっと」

半分潘さんの受け売りなんだけど、と言いかけたがここは黙っておくことにした。せっかく上昇した好感度をわざわざ下げる必要はない。

「そういえば、大石君の方はどう？　なんか困ってることとかない？」

「え、俺？」

「うん。大石君にはいっぱい助けてもらったから、私も何か返したいなって思って」

「そんな気遣ってくれなくて大丈夫だよ。特に仕事で困ってることはないし……」

強いて言うなら、仕事を続けるかそれ自体に困っているし迷っている。ただ、さすがにこの流れで打ち明ける気にはなれない。

「そっか。でも何かあったらいつでも言ってね。ご飯もまた行こう？」

「うん……ありがとう」

「じゃ、私そろそろ行くね。大石君はゆっくりしてて！」

美南ちゃんが弁当箱を片づけて立ち上がる。時刻は十二時二十分。話していると休憩時間なんてあっという間だ。短すぎるこの時間がいつも恨めしい。

休憩室を出て行こうとする美南ちゃんの姿を俺はぼんやりと見つめていたが、美南ちゃんが引き戸を開けかけたところでふと思いついて言った。

「あのさ、美南ちゃん、仮の話として聞いてほしいんだけど」

「うん？」

ポニーテールを揺らしながら美南ちゃんが振り返る。俺はためらいながらも言った。

「美南ちゃんはさ、俺がいなくなったらどう思う？」

柔らかい笑みを浮かべていた美南ちゃんが急に真顔になる。俺は慌てて取り繕った。

「あ、実際そういう話があるわけじゃないよ！　あくまで仮だから！」

手を振って否定するが美南ちゃんは真顔のままだ。硬直したように俺を凝視した後、やがて安心したように胸に手を当てて息をつく。

「そっか……。びっくりした。私、大石君が異動になるのかと思って……」

「異動はないよ」少なくとも社内の異動は。「で、どうだろう？」

「そうだね……。やっぱり寂しいかな。同期で残ってるの私達二人だけだし、二人で一から頑張ってきたんだから、できればずっと一緒に働きたいもんね」

「そうだよな。俺も美南ちゃんと会えなくなるのは寂しいし……」

「でも、これって仮の話なんだよね？　実際に異動の話が出てるわけじゃないんだよね？」

「うん、それはない」

「ならよかった。でもよく考えたら、いつまでもこの施設で働けるわけじゃないんだよね。私達は新卒だし、他の施設で経験積ませるってことも考えられるよね？」

「うん……たぶん」

「そっか。じゃあ将来的には、私達のどっちかが異動になるかもしれないんだね……。もしそうなったら寂しいけど、どこかでまた会えるよね！　辞めるわけじゃないんだから！」

その一言が弾丸のように俺の胸を打った。動揺が態度に出ていたのか、美南ちゃんはきょとんとしていたが、ふと思い出した様子で時計を見た。時刻は十二時二十七分を指している。

「あ、もうこんな時間！　ごめん大石君、もう行くね！」

そう言い残して美南ちゃんは慌てて去って行った。中途半端に食べたコンビニ弁当をテーブルに広げた俺だけが後に残される。

一人になった俺は、弁当の残りを食べる気にもなれずに呆然としていた。「いなくなる」という俺の曖昧な言葉を、美南ちゃんは「異動になる」と解釈した。退職の話は一言も出なかった。俺が辞めることなんて端から考えてもいないのだ。

もし俺が辞めると言ったら、美南ちゃんは何て言うだろう。怒るだろうか。悲しむだろうか。仕事や初任者研修で一緒に頑張ってきたのは何だったのかと裏切られたような気持ちになるだろうか。想像するだけで胸が痛くなる。

関係が進展する見込みがないとはいえ、美南ちゃんと一緒にいられる時間がなくなるのは正直寂しい。退職してからもわざわざ会おうと誘えるほど親密な間柄ではない以上、関係を続けるために仕事を続けるという打算的な考えも働くが、一方で恋愛と仕事は別だろという現実的な考えも湧く。

結局悩みの種を増やすことになり、俺は頭が痛くなりながら、やけくそ気味に残りの弁当を掻っ込んだのだった。

その後、休憩時間を終えた俺は更衣室でTシャツと短パンに着替えた。昼から退勤まではずっと入浴だ。今日入る利用者さんは杉山さん、山根さん、村上さんの三人。偶然にも、俺が入浴介助を教えてもらった日とほとんど同じメンバーだ。最初の頃は時間がかかって仕方がなかった入浴も今ではかなり慣れてきて、三時間で三、四人は余裕を持って介助できるようになっていた。

「杉山さーん、お風呂行きましょかー」

「はいはい、お風呂は嬉しいねぇ」

いつものように笑顔の杉山さんを先導して個浴に行く。初めての夜勤で徘徊し、性格の豹変を見せつけた杉山さんだが、あれ以来俺が夜勤に入っても徘徊することはなかった。日中はこのとおり素直なので、今でもあれは幻だったんじゃないかと思えてくる。

「杉山さん、最近夜はちゃんと眠れてますか?」

「うーん、日によるねぇ。たまに夜中に目覚ますこともあるよ」

「そういうときはどうしてます?」

「大体は部屋にいるけど、誰かと話したくなったら筒井さんの部屋に行くねぇ。まぁ筒井さんは寝てるみたいで、ドア叩いても鍵開けてくれないんだけど」

俺が遭遇していないだけで徘徊は続いているらしい。でもそれも家族と会えない寂しさゆえだと思うと文句を言う気にはなれない。

「俺が夜勤のときだったら詰め所に来てもらってもいいですよ。話し相手になりますんで」

「そう?　でも仕事の邪魔したら悪いしねぇ」

「邪魔なんかじゃないですよ。利用者さんと話すのも仕事のうちですし」

「そうかい？　じゃあ今度眠れなかったらお邪魔させてもらおうかねぇ」

杉山さんが湯船に浸かっている隣でしゃがみ込んでそんな会話をする。最初は気まずさしか感じなかった入浴時間もだいぶ間を持たせられるようになってきた。川口さんのような取っつきにくい利用者さんが相手だと今でもちょっと気まずいのだが。

一人目の入浴をスムーズに終えたところで機械浴の準備をし、談話室に山根さんを迎えに行く。血圧を測るとやっぱりちょっと高かったので、ピッチでナースに連絡する。野島さんが出たので血圧の数値を伝えると、時間を短めにするという条件付きで入浴を許可してくれた。

『あ、そうだ大石君、こんなときになんだけど、この前の話、結論出た？』

野島さんが小声になって尋ねてきた。話しながら移動しているらしく、電話口から聞こえていた他の人の話し声がだんだん遠ざかっていく。

『前から訊こうとは思ってたんだけどタイミングがなくて。もう九月入っちゃったからそろそろ決めたかなと思ったんだけど、どう？』

「あー……、えーと」

まさかこのタイミングで訊かれるとは思わなかったので返答に困る。談話室に他のヘルパーはいないので聞かれる心配はないが、それでもはっきりとした返事はできない。

「すいません、実はまだ結論出てなくて。早く決めなきゃとは思ってるんですけど」

『そっか。まぁ大事なことだからじっくり考えたらいいよ。大石君が後悔しないようにするのが一番大事だと思うから』

「そう、ですよね……」

『じゃ、切るね。仕事中にごめんね』

短く言って野島さんが電話を切る。野島さんはあの日以降も俺のことを気にかけてくれていたらしい。いい先輩だよな、としみじみと実感する。

「と、それより仕事しないとな。山根さーん、お風呂行きましょかー」

少しだけ明るくなった声のトーンのまま山根さんに声をかける。山根さんがいつものように「お、ふろ」と区切りながら答える。

「はい、お風呂です！　一番風呂だから気持ちいいと思いますよ」

山根さんの車椅子を押して機械浴の浴室まで誘導する。着患脱健を忘れずに更衣をし、チェアーに移乗してから浴室に入る。頭と身体を一通り洗ってからチェアーを動かして機械にくっつける。何回もやったおかげで機械浴の扱いにもかなり慣れてきた。

「山根さん、気持ちいいですか？」

ジャグジーをしながら浴槽の横に立って尋ねる。ジャグジーの音がうるさいせいで聞こえないかと思ったが、山根さんは「は、い」と答えてくれた。

「お風呂ってみんな好きなもんだと思ってましたけど、着替えるの面倒くさいからって嫌いな人もいるんですね。山根さんはどっちですか？」

「す、き」

「俺も好きですよ。このジャグジーとか見るたびに気持ちよさそうだなって思います」

「いっ、しょに、はい、る」

「一緒に入る？　さすがにそれは無理ですよ。そんなスペースないですし」

「ざん、ねん」

　そんな冗談交じりの会話も少しずつできるようになってきた。俺も少しはコミュニケーションが取れるようになったんだろうか。

　三分経ったところでチェアーを機械から引き抜き、入浴前とは逆の手順で移乗と更衣を済ませた。談話室に誘導すると、ちょうど巡回から戻ってきたらしい松井さんが「おかえりー！」と笑顔で出迎えてくれた。

「山根さん、お風呂どうだったー!?」

「き、もち、よか、った」

「大石君もかなり慣れてきたからねー！　安心して任せられるでしょー！」

「は、い」

わざわざそんな会話をしたのは俺に気を遣ってくれたからだろうか。真意を確かめようと松井さんの方を見たが、そのときにはもう俺に背を向けて、「菊池さーん！　お茶飲みよー！」などと大声で言っていたのでわからなかった。とりあえず山根さんにもお茶を出し、自分もペットボトルから水補をする。

「後は村上さんか。この感じだったら時間内に終わるかな」

時計を見ると時刻は十四時半過ぎ。機械浴の片づけを含めても十五時半には終われるだろう。慣れていない頃は夕ケアの誘導時間に食い込んでしまうことも珍しくなかったが、ようやく段取りを摑んでスムーズに動けるようになってきた。

「今日は入ってくれるかな。この前も拒否したって言ってたし……」

前回の入浴は井上君が担当だったらしいが、村上さんは井上君の顔を見るなり「いらん」と一蹴したらしい。その日は俺も潘さんもおらず、代わりに入れられる人がいなかったので結局入浴を中止したそうだ。「今日は絶対入ってもらってよ」と潘さんから釘を刺されていたので、プレッシャーを感じつつテレビの前にいる村上さんの許へ向かう。

「村上さんこんにちは。お風呂行きましょか」

例によって村上さんが無言でこっちを見る。五か月経って慣れてきたとはいっても、茶色いレンズの眼鏡をかけた顔はヤクザみたいにいかつくて怖い。

「お前が入れるんか？」

「え？　あ、はい。今回は松井さんなしで俺だけですけど」

他の人の方がいいですか？と続けて尋ねたが村上さんは答えない。やっぱり拒否されるんだろうかとドキドキしていると、村上さんは無言で腕を差し出してきた。俺がぼけっとしていると、「血圧」と短く言われたので慌ててバイタルを測定する。どうやら入ってくれるみたいだ。とりあえず拒否されなくて安心したが、この人と浴室で二人になると思うとそれはそれで緊張する。

バイタルは正常だったので、そのまま浴室に誘導した。移乗のときにナースコールを押すと井上君が来てくれた。村上さんは井上君を見るなり「お前かよ」とでも言いたげに顔をしかめ、井上君は井上君で「来たくて来たわけじゃねぇよ」とでも言いたげにそっぽを向いた。それでも移乗は手伝ってくれて、俺が村上さんを持ち上げている間に井上君がズボンとオムツを下ろす。

「大石さん、よくこの人に拒否されなかったっすね」

村上さんをチェアーに移乗したところで、井上君が小声で言った。

「俺なんか『お前の風呂はいらん』とか言われていっつも拒否されるのに。こっちが入れてやるって言ってんのに何様だよって感じなんですけど」

「はぁ、そうなんだ。拒否されない理由は俺もよくわからないけど」

「ふうん。ま、でも本人が入るって言ってるんだからいいっすよね。これからは大石さんがこの人の専属になりゃあいいんじゃないっすか？　そしたら俺も面倒な人やらなくて済むし」

平然とそんなことを言って井上君は脱衣室から出て行く。そういう態度が嫌われる原因なんじゃないかと思ったが、口には出さないでおいた。

その後はいつもどおり介助をし、山根さんと同じ調子でチェアーを機械にセットした。ジャグジーを付けようとすると、「いらん」と言われたのでそのままにしておく。でもジャグジーのごぼごぼという音がないと浴室は静かすぎて何とも気まずい。いつもなら「掃除しますねー」とか「着替えの準備しますねー」とか言って浴槽から離れてやり過ごすのだが、今回は何となくそうしなかった。代わりに思いついて訊いてみる。

「あの、村上さん。何で俺はよくて井上君は駄目なんですか？」

村上さんが無言でこっちを見る。言葉が足りなかったかと思って俺は補足した。

「ヘルパー歴で言ったら井上君の方が長いですし、年齢だって俺とそんなに変わりないです。なのに井上君の方だけ入浴担当されるのが嫌だっていう理由がわからないんです」

村上さんは下唇を突き出したまま答えない。もしかして地雷を踏んだかと心配していると、ようやく村上さんが言った。

「別に理由なんぞない。自分の身体を預ける以上はちゃんとしたヘルパーに見てもらいたいだけじゃ」

「井上君はちゃんとしてないってことですか？　でもヘルパーはもう一年以上やってて……」

「歴の問題じゃない。あいつには年寄りを労《いたわ》る気持ちが足りん」

「労る、ですか？」

「そうじゃ。あいつはわしらを物か何かみたいに扱う。それが許せんのじゃ」

言われて俺は、初めて排泄介助をした日のことを思い出した。あのときは井上君に教えてもらいながら俺が岡部さんのトイレ介助をしたのだが、初めてなのでパンツを上げるのに手間取ってしまい、岡部さんは危うく転倒しかけた。それを見ても井上君は大して悪びれた様子を見せなかった。もし日常的にああいう態度を取っているのなら、村上さんが物扱いされていると憤るのもわかる気がする。

「……でも、俺だって井上君と似たようなものだと思いますよ。別にお年寄りが好きなわけでもないし、労る気持ちがあるかって言われたら……」

これを利用者さんに言ってしまうのはどうなのだろうと思いながらも言葉が口を衝いて出た。村上さんは横目でこっちを見たまま何も言わない。

そこで俺はふと、全部正直に言ってしまおうかという気になった。俺はこの人が思っているような『ちゃんとした』ヘルパーじゃない。年寄りを労る気持ちなんか少しもなくて、今も介助をしながら退職について考えているような不届きな奴なのだ。そういう実態をわかっておいてもらった方がいい。そう思って一気に話し始めた。

「俺ね、入ったときからずっとこの仕事が嫌いだったんですよ。他が受からなかったから仕方なくやってるだけで、本当は人の世話なんて興味もないし、やりたくもなかったんです。もちろん仕事だから決められたことはしますけど、楽しいとかやりがいあるとか思ったことは一回もありません。そんな奴に介護されたくないですよね？」

村上さんは答えない。俺は矢継ぎ早に続けた。

「半年の辛抱だって思って頑張って続けてきましたけど、もう仕事は一通り覚えましたし、これ以上続けても意味ないんで近いうちに辞めるかもしれません。でもその方がいいですよね？　やる気ないヘルパーが減って、いいヘルパーだけが残ってくれるんですから。そしたら入浴が嫌だって思うこともなくなりますよ」

ね、と念を押すように言って話を終える。正直な気持ちを話したはずなのになぜか少しもすっきりせず、言葉が上滑りしていくような感覚を覚えた。

村上さんはむっつりとした顔で黙っていた。さすがに不愉快だっただろうか。介護される側の人に向かって世話をしたくないなんて言ったのだから当たり前だ。普段なら怒鳴りつけられてもおかしくないのに村上さんは何も言わない。それが逆に怖かった。

「あ、言ってる間に五分経ちましたね。すいません、嫌な話しちゃって」

気まずさをごまかすように言ってチェアーを機械から引き抜く。そのままシャワーをかけて浴室から出たが、その間も村上さんは何も言わなかった。これで次回から俺も拒否されるかもしれない。

移乗のためにナースコールを押すとまた井上君が来てくれた。用を済ませると井上君はさっさと出て行き、俺と村上さんは無言のまま更衣を終えた。ドライヤーで髪を乾かしたところで浴室と脱衣室を見回す。服は洗濯機で回しているし、浴室の掃除も済んでいる。後は村上さんを談話室まで誘導すれば今日の入浴は終わりだ。最初の二人は順調だったのに、何とも気詰まりな終わり方をしてしまった。

だけど仕方がないのだ。何度も考えたけど、やっぱり介護の仕事を続けることは自分のためにならない。確かに人間関係には恵まれているし、自分が仕事に慣れたことを嬉しく思う気持ちもなくはないけど、だからといってずっとこの仕事を続けていきたいとはどうしても思えない。惰性で現状に留まっていたらいつかきっと後悔する。今はよくても、将来的なことを考えたら早いうちに撤退した方がいいのだ。

だから帰る前に潘さんに伝えよう。今月いっぱいで辞めます、と。

「……じゃ、戻りますね」

密かな決意を悟られないよう、小声で村上さんに声をかける。そのまま車椅子を押そうとしたところで、村上さんが不意に呟いた。

「……辞めんな」

「え？」

車椅子を押し出そうとしていた手を止める。村上さんは前を見たまま続けた。

「わしはお前に介護してもらいたい。だから辞めんな」

一瞬、何を言われたのかわからなかった。洗面台の鏡越しに村上さんの顔を見たが、村上さんはいつもの仏頂面をしている。

「俺に介護してほしいって……何でですか？　さっき言いましたよね？　俺、全然やる気ないんですよ？　春からずっと辞めることばっかり考えてたんですよ？　そんな奴がちゃんとしたヘルパーなわけないですよね？」

「確かに最初の頃はちゃんとしとらんかった。わしに茶を飲ませるのも、嫌々やっとるのが丸わかりだったからな」

　バレてたのか。まぁそりゃバレるよな。あのときの俺マジで仕事嫌がってたもんな。そこまで考えたところで、じゃあ今は？　とふと疑問が湧いた。他人事みたいに思い返してるってことは、今の俺はあのときとは違うんだろうか？

「でも、何で見方が変わったんですか？　俺、特に態度変えたつもりないですけど……」

「わしが部屋で漏らしたとき、お前は謝ってくれた。そのとき思ったんじゃ。お前はあの若造とは違うとな」

「若造って、井上君のことですか？」

「そうじゃ。あいつがおしめを替えていたときもわしは一回漏らしてしまった。あいつはそのときはっきりと文句をつけてきたんじゃ。『汚い』とか、『手間かけさせんな』とか言ってな。確かに手間かけさせたのは事実じゃし、申し訳ないとも思ったが、わしかて好きでお漏らしなんかしとるわけじゃない。人におしめを替えてもらうのなんかこっちだって嫌なんじゃ。あいつはその辺りのことをわかっとらん」

　俺は自分が村上さんの排泄介助をしたときのことを思い出した。初めての排泄介助で手間取り、村上さんに全更衣をさせてしまったこと。あのとき村上さんは俺に謝ってきた。「すまん」と。たった一言だったけれど、普段から無口で仏頂面をしている村上さんがどんな気持ちでその言葉を発したのか、俺も自分なりに想像した。でも井上君はそうじゃなくて、自分の気持ちの方にしか関心が向かなかった。それが俺とは違っていたのだろうか。

俺が黙り込んでいると、村上さんが鏡越しに俺を見ながら続けた。

「あんたらの仕事が大変だということはよくわかる。毎日毎日年寄りの世話をして、汚い仕事も引き受けて、そりゃあ文句を言いたくなることもあるだろう。そんな中でわしらの世話をしてくれるのは有り難いと思うし、なるべく迷惑をかけたくないとも思う。でもな、わしらにもわしらの気持ちがあることだけはわかってほしいんじゃ。人に世話をされんと生きられんというのがどんな気持ちか、あんたらにはわからんじゃろう？　この歳になって、まるで赤ん坊か何かのように世話をされるというのは屈辱でしかない。じゃがそうせんと生活ができんから、わしらはあんたらの手を借りとるんじゃ。それを無視して、人を何もわからん物みたいに扱われたら文句の一つも言いたくなる。あんたらからしたら、黙って介護を受ければいいのにと思うかもしれんが、それはできんのじゃ。いくら身体が動かなくなっても、自我だけは残っとるんじゃからな」

自我、という言葉に胸を衝かれる。利用者さんは物でも赤ちゃんでもなく、意思も感情もある人間の大人。そんな当たり前の事実であっても毎日の仕事に追われていると忘れそうになる。ただ目の前の介護を終わらせることだけを考え、その先にいる相手を見ようとしない。井上君や以前の俺は、そんな気持ちで仕事をしていたのだろう。

だから村上さんは、俺達を『ちゃんとした』ヘルパーじゃないと言った。介護の大原則――尊厳の保持を忘れていたから。

「お前はあの若造とは違って、わしらの気持ちを考えてくれる。わしらはそういうヘルパーに介護をしてもらいたい。わしらを人間として扱ってくれるヘルパーにな」

「人間、として……」

「そうじゃ。だから辞めんな。この仕事を続けて、わしらを助けてやってくれ」

その言葉が心の一番深いところを衝き、俺はじんわりと目頭が熱くなってきた。気づいたときには目から涙が零れ出ていて、拭っても拭っても収まりそうになかった。

ああそうか、野島さんはこのことを言いたかったんだ――。新人であっても心を尽くしてお世話をすれば、その気持ちはきっと相手にも伝わる。相手のことを想い、相手に寄り添った介護をすること。それを積み重ねることによって、いつしか利用者さんとの間に結びつきが生まれていく。誰でもいいわけじゃない。あなたに介護をしてほしいんだと、その一言をもらえるだけでどれほど報われることだろう。

野島さんと高田さんの間にはその結びつきがあった。野島さんは高田さんを実のお父さんのように慕い、高田さんが元気になることを心から願っていた。その心が伝わったからこそ、高田さんや高田さんの奥さんは、「野島さんが担当でよかった」と言ったのだろう。介護の仕事にやる気のない俺はそんな関係とは無縁だと思っていたけれど、そうじゃなかった。心がなかったはずの介護には、ちゃんと、心があった。

「……ありがとう、ございます……」

涙と鼻水でぐずぐずになりながら辛うじて言葉を絞り出す。村上さんは前を向いたまま「うん」とだけ言った。

茶色いレンズの眼鏡をかけた顔が脱衣室の鏡に映っている。その顔は相変わらずの仏頂面だったが、不思議といつもより優しく見えた。

その後、嗚咽が収まったところで村上さんを談話室に送り届けた。時刻は十五時五十二分。いろいろあったせいで一時間以上かかってしまった。レクはすでに終わっているらしく、談話室には車椅子の利用者さんが数名いるだけだ。松井さんや井上君の姿はない。排泄介助のために利用者さんを居室に誘導しているのだろう。

詰め所には潘さんが一人でいて、経過表を書いていた。俺が詰め所に戻ってきたのを見ると、潘さんは手を止めて顔を上げた。

「ああ大石君、おかえり。村上さんのお風呂時間かかったみたいだけど大丈夫？」

「あ、はい。ちょっと話し込んでただけで、特変があったわけじゃないんで大丈夫です」

「ふーん、ならいいけど。でも村上さん人嫌いなのに話し込むなんて珍しいね。どんな話してたの?」

「それは……まぁ、何ていうか個人的なことで」

退職の話をしていたとはさすがに言えない。潘さんも深追いはせず、「そう」とだけ言ってまた経過表を書き始めた。

「大石君も今日早出だったよね? もう四時だし、経過表書いたら着替えて上がっていいよ」

「あ、はい。潘さんも早出でしたよね」

「うん。っていってても来月のシフトまだできてないから、残って仕上げるつもりだけど」

潘さんがパソコンの方に視線を向ける。画面には作りかけのシフト表が表示されている。日付は九月十六日から十月十五日。ずらりと並んだヘルパーの名前の一番下には俺の名前もある。

俺はしばらくその画面を見つめ、やがて意を決して切り出した。

「あの……潘さん、実は俺、言っておかなきゃいけないことがあるんです」

経過表を書き終え、パソコンの方に移動しようとしていた潘さんが足を止めて振り返る。

俺は緊張を呑み下して言った。

「この五か月間、ずっと悩んできました。早く決めなきゃとは思ってたんですけどなかなか結論出せなくて、結局ギリギリになって申し訳ないです。でも、いい加減決めないといけないと思ったんで、今ここで言いますね」

真正面から見返してくる潘さんの目つきは鋭い。その視線に気圧されないようにしながら、俺はその一言を口にした。

「潘さん。俺……仕事辞めるの止めます」

潘さんが細めていた目を見開く。俺は続けた。

「本当は半年で辞めるつもりだったんです。俺がこの会社に入ったのは他の会社に受からなかったからで、別に介護がやりたかったからじゃない。だから仕事始めてからも嫌だって思うことの方が多くて、辞めることばっかり考えてました。ただ、すぐ辞めても次のとこで雇ってもらえないと思ったから、半年だけ我慢して続けようって思ってたんです」

潘さんは何も言わない。俺は何とか考えを伝えようと言葉を捻り出した。

「でも、最近になってちょっとずつ気持ちが変わって、自分が本当のところ、辞めたいと思ってないことに気づいたんです。介福が取りたいとか、ケアマネになりたいとか、はっきりした目標があるわけじゃないですけど、もうちょっとだけこの仕事を続けてもいいかなって思うようになった。それってたぶん、ここで働いてる人の姿を見たからなんです」

一旦言葉を切って唾を飲み込む。喉を潤し、声の調子を整えてから俺は続けた。

「俺……介護の仕事ってキツくて汚くて給料安くて、いいことなんか一つもない仕事だって思ってましたけど、ここで働いてる職員の人達を見て、それだけじゃないってことに気づきました。利用者さんが嬉しそうにしてるのを見て自分も喜んだり、利用者さんとの関わりを楽しんでたり、いい人生の最後を迎えてもらえるように頑張ってたり……。そういう人の姿を見てるうちに、仕事への見方が変わっていったんだと思います」

五か月間、いろいろな人から仕事を教えてもらう中で、その人が介護の仕事に取り組む姿勢を知った。中には割り切ってる人もいるけれど、その多くは前向きな気持ちでヘルパーの仕事に取り組んでいた。誰にでもできる仕事だなんて言って卑屈にならず、少しでもいい介護をするために熱意を持って働いていた。その人達との出会いが、この仕事を見下すことしか知らなかった俺の気持ちを変えてくれた。

今なら自信を持って言える。介護の仕事は底辺なんかじゃない。人の幸せを心から願うことのできる、尊い仕事なのだと。

潘さんは無言のまま俺を見つめている。また正直に言い過ぎただろうか。俺は首を竦めて叱責に備えたが、そこで意外なことが起こった。潘さんが、あのいつも怖い顔をしている潘さんが――笑ったのだ。

「……そう」

出てきた言葉はそれだけだった。俺が凝視していると潘さんはすぐに笑みを引っ込めてしまったので、見間違いだったのだろうかと思った。でも、いつもは真一文字に結ばれている口元が今は綻んでいる。利用者さんの前以外で潘さんがこんな顔をするのを見たことはない。

「大石君の気持ちはよくわかった。辞める心配ないってわかったから、これからはもっと厳しくさせてもらわないとね。来月からは遅Bも入れて、夜勤も回数増やすことにする。入浴も今日の感じだと一日五人くらい平気だよね?」

「え? いや、それはその……」

「今はまだ新人だから介助入る人数も少なめにしてるけど、続ける気でいるんだったら今のうちに場数踏んでおかないとね。そのうち後輩が入ってきたら大石君が教える立場になるんだから」

「い、いやあの、そこまで長く続けるかどうかは……」

「あーでも大石君がいてくれてよかった。これでシフト作るのも苦労しなくて済むわ」

話は終わりだとばかりに潘さんがパソコンの前に移動してキーボードを叩き始める。シフト表の俺の名前の欄に次々と「遅出B」とか「夜」とかいう文字が埋められていく。自分で自分の首を絞めることになった現状を目の当たりにし、俺としては呆気に取られるしかない。

（……まぁでも、いいか）

仕事が増えるのは嫌だけど、ここではテルの会社のように無茶ぶりをされることはないはずだ。困ったことがあれば助けてくれるし、悩みがあれば聞いてくれる。そんな環境があるからこそ、俺はアライブ矢根川での仕事を続けていきたいと思ったのだ。単に楽な方に流されてるだけかもしれないけど、今は流されてもいいと思った。

職員にしても、利用者さんにしても、ここには失いたくない人が大勢いる。そんな人達との出会いを経験できたことは、決して時間の無駄にはならないはずだから。

着替えを終えて更衣室を出た頃には十六時二十分を回っていた。潘さんはまだパソコンに向かっており、俺は「お先です」とだけ言って前を通り過ぎた。潘さんも「お疲れ」としか言わなかった。さっきの会話なんてなかったような、いつもどおりの挨拶。だけど今は、それが信頼の裏返しのように思えて嬉しかった。

廊下を通って一階に下りようとしたところで田沼さんと鉢合わせした。田沼さんは今日夜勤で、事務所から薬箱を持って上がってきたところだった。

「あ、大石君お疲れさま。今日は早出だったの？」

「あ、はい。今から帰るところです」

「そっか。お疲れさま。気をつけて帰ってね」

「わかりました。田沼さんも夜勤頑張ってくださいね」

いつもどおり短い会話をして別れようとする。が、そこでふと思いついて俺は言った。

「あ、そうだ田沼さん、俺、来月から夜勤増えるみたいです」

「そうなの？」

「はい。さっき潘さんに言われて。シフトちらっと見たら五回は入ってました。先月からまだ三回くらいしか入ってないのに、潘さんってやっぱり鬼ですね」

「まぁ夜勤はできる人が少ないからねぇ。社員が入る割合が多くなるのは仕方がないよ」

「そうですよね。まぁ手当てもらえるからいいんですけど。……なんで田沼さん、またどっかで一緒になるかもしれないですけど、そのときはよろしくお願いします」

両手を身体の横に揃えてぺこりと頭を下げる。田沼さんは最初きょとんとしていたが、そのうち俺の言わんとすることに気づいたのだろう。いつものように陽だまりのような笑みを浮かべて言った。

「うん、こっちこそよろしくね。私も大石君のこと頼りにしてるから」

新人の俺が田沼さんに頼りにされることなんてないと思うが、それでも期待してもらえるのは純粋に嬉しい。俺も表情を綻ばせて「はい」と言うと、今度こそ挨拶をして田沼さんと別れた。そのまま事務所のメンバーにも挨拶をして施設を出て行く。

野島さんはいなかったが構わない。俺の決意を話す時間は、これからいくらでもあるのだから。

エピローグ

「ようマサ、久しぶりー！」

　金曜日の十九時。俺がレストランに入っていくと、すでにテーブルに着いていたヤスが片手を上げて呼びかけてきた。隣にはノブも座っている。俺も「よう」と言いながらテーブルに近づきノブの隣に腰かけた。二人ともスーツ姿だが、俺はコットンシャツに綿パンというラフな格好だ。店員がお冷やを運んできてくれ、俺がそれを飲んだところでノブが尋ねてきた。

「マサ、今日仕事だったの？」

「うん、だから私服のまま来た。わざわざスーツ着替えに帰るのも面倒だったしな」

「そっか。でもよかったのか？　久しぶりの合コンなのにスーツじゃなくて」

「うん。別に着飾ってもしょうがないと思ったし」

「ふーん。まぁ確かに仕事終わりまでスーツ着っぱなしってのも疲れるしなぁ」

　ノブが言って肩を揉む。かっちりとしたスーツは見た目こそカッコいいが、ずっと着ていれば肩こりもするだろう。こんな服を一日中着ていなければいけないなんてオフィスワークは大変だ。俺は楽な格好でよかったな、とピンクのポロシャツを思い浮かべながら考える。

「今来てるのって俺らだけ？」

「うん。女性陣は後十分くらいしたら来るらしい」

ヤスがスマホをチェックして答える。ノブも腕時計を見ながら言った。

「今日は俺の会社の先輩がセッティングしてくれたんだ。感じのいい子ばっかりだって言ってたから、期待していいと思う！」

「そっか。向こうも三人だっけ？」

「うん。最初は四人の予定だったけど、テルが来れなくなったから向こうにも合わせてもらったんだ」

「テル、今転職活動で忙しいもんな。どんな感じなの？」

「それが結構苦労してるみたいだぜ。五か月で辞めたのってかなりマイナスイメージあるみたいで、だいたい書類選考で落とされるか、面接行っても一次で落ちるんだって。元銀行員なら転職も簡単だって思ってたみたいだけど、やっぱ現実は厳しいよなー」

「そういう話聞いてると、今のとこ続けた方がいいのかなって気になるよな」

ヤスがスマホをテーブルに置き、椅子の背もたれに身体を預けて言った。

「俺もお盆過ぎた辺りから急に業務量増えてさー。毎日残業して、帰るの九時十時になるのも珍しくないんだ。仕事楽そうだから公務員選んだのに、こんな忙しいならいっそ辞めちまおうかと思ってたんだけど」

「俺も似たようなもんだよ」

ノブが渋い顔になって言った。お冷やを一気飲みし、グラスを置いてから口を開く。

「商社ってデキる奴ばっかりだから付いてくのに必死でさ。英語とかも勉強してるけど全然周りのレベルに追いつかねぇの。俺が必死こいて勉強してる間に他の奴らはどんどん仕事任されていって、なんか自分だけ取り残されてる気になるんだよな」

「そっかー。銀行も商社も入りさえしたら人生成功って感じするけど、実際はいろいろ苦労すんだなぁ。俺もイメージだけで選ぶんじゃなかったかなぁ……」

そんな後悔のような愚痴を垂れ流す二人の会話を俺は黙って聞いていた。銀行員、公務員、商社マン。一見華やかで勝ち組のように思える仕事でも裏にはいろいろと泥臭い面があって、イメージだけで入った人間はその実態を知って苦労する。それでもこういう仕事が人気なのは、その煌《きら》びやかなイメージが自分と直結すると考えているからかもしれない。職業はその人のイメージに大きく結びつく。カッコいい仕事をしてる奴は人間もカッコよくて、ダサい仕事をしてる奴は人間もダサい。だからこそ、汚くてキツい現場の仕事はダサいと思われて敬遠される。例えばそう、介護の仕事のような。

俺も最初はそうだった。ダサいピンクのポロシャツを着るのも、人の世話をするのも大っ嫌いで、この仕事に何の価値も見出していなかった。職業に貴賤《きせん》がないなんていうのはまったくの嘘で、実際には勝ち組と負け組がはっきりと分かれる。そして介護の仕事は負け組にしか選ばれない仕事で、底辺だと呼ばれて同情されるか蔑まれる。そんな仕事に就いていることで自分まで底辺呼ばわりされているような気になり、何とかそこから脱却したいと考えていた。だけど今は、この仕事が決してダサい仕事なんかじゃないことを知っている。

「そういやマサ、お前の方はどうなの？」

ノブが不意に尋ねてきた。俺は意識を現実に戻してノブの方を見た。

「仕事、確か介護だったよな。まだ続けてんの？」

「うん、ちょうどこないだ来月のシフト出たとこ。早出も夜勤もたっぷり入ってるよ」

「マジかー。そんな不規則でよく続けられるよな。辞めようとか思わないわけ？」

「いや、何回も思ったよ。でもとりあえず保留することにした。今はそこまで辞めたいと思ってないし」

「あれ、そうなんだ？　仕事好きになったってこと？」

「好きとまでは言えないけど……前ほど嫌いでもないな。もちろん大変なことはいっぱいあるけど、いいこともあるってわかったから」

「へえ、そうなんだ。やっぱイメージだけじゃわかんないもんだな」

「うん。何ならお前らもやってみたら？　介護業界は転職しやすいらしいし」

「い、いやぁ……。俺はいいかな。勧めるならテルにしたら？」

「そうそう。あいつ焦ってるみたいだし、教えてやったら喜ぶんじゃない？」

ノブとヤスが慌てて弁解する。俺もそれ以上は勧誘しなかった。友人に魅力を語れるほど俺はこの仕事を知ったわけでも、好きになったわけでもない。だから今は軽く話題にするに留めておく。テルにも自分から勧めに行こうとは思わないが、もしあいつが介護の仕事を貶《おとし》めるような発言を撤回してくれたら、改めてこの仕事について伝えてもいい。介護の仕事は確かに３Ｋだけど、それはお前が考えてるような意味じゃない。労働条件の悪さやイメージでは測れない、感謝とか、幸福とか、心の結びつきとか、そういう魅力がある仕事なんだってことを。

「あ、今入ってきたの相手の子じゃね？　ほら、ちょうど三人いるし」

ヤスが首を伸ばして入口を凝視する。ワンピースやらブラウスとスカートやらを身につけた可愛い女の子の三人連れがドアの前できょろきょろしている。ヤスが手を振っているのに気づくと、揃っておずおずとこっちに近づいてきた。

「あの、合コンの方ですか？　山田先輩から紹介されたんですけど」

「そうそう！　待ってました！　どーぞこちらへ！」

ヤスとノブが意気揚々と立ち上がって女性陣のために椅子を引く。俺の向かいに座った女の子はリボン付きのブラウスにフレアスカートという清楚な服装をしていた。髪型は内巻きのセミロング。見覚えのある服装と髪型だなと思い、少し考えてから、初任者研修のときの美南ちゃんが似たような格好をしていたことを思い出した。

美南ちゃん。いつでも利用者さんのことを第一に考えている、優しい女の子。今後仕事を続けていけば、あの子との関係が変わることもあるだろうか。同じ志を持ったヘルパーとして、同期という立場を超えて頑張っていこうと思えるだろうか。前は実現不可能だとしか思えなかったその未来が、今は少しだけ、期待を持って想像できた。

「じゃ、自己紹介します！　俺は田中泰明、公務員です！」

「俺は太田信彦、商社で働いてます！」

全員が席に着いたところで、いつかの合コンのように二人が元気よく名前と職業を紹介する。前ほど露骨ではなかったが、職業を聞いた途端に女性陣が「すごーい！」と目を輝かせるのがわかった。そのまま期待のこもった眼差しを俺に向ける。俺はどんなエリートなんだろうとワクワクしているんだろう。以前ならここで肩身の狭い思いをしたものだが、今は堂々としていられた。背筋を伸ばし、女性陣の顔を順番に見つめて続ける。

「俺は大石正人。職業は、介護士です」

驚くほど自然にそう口にすることができた。羞恥心《しゅうちしん》も劣等感もなく、当たり前のものとして。

その瞬間、俺はようやく、自分が名実共にヘルパーになれたような気がした。

本作品は、第1回ハナショウブ小説賞 長編部門大賞受賞作品に加筆・修正したものです。

書籍化に伴い、タイトルを変更しています。

◎著者紹介
小原 瑞樹（おはら みずき）
1991年生まれ。京都市出身。元介護士。
2023年に『ハートレス・ケア』（旧題：Why do you care ?）が第1回ハナショウブ小説賞 長編部門大賞を受賞。

ハートレス・ケア
2024年9月3日 初版 第一刷発行

著　者　小原 瑞樹
発行者　鈴木 征浩
発行所　opsol株式会社
〒519-0503
三重県伊勢市小俣町元町623-1
電話　0596-28-3906
（opsol book事業本部）
発売元　星雲社（共同出版社・流通責任出版社）
〒112-0005
東京都文京区水道1-3-30
電話　03-3868-3275
印　刷　シナノ印刷株式会社
製　本　シナノ印刷株式会社
編　集　鈴木 征浩・谷口 里穂

 ISBN978-4-434-34003-1 C0093